dtv

In den frühen Morgenstunden des 11. September 2001 brechen drei Männer – alle drei Psychoanalytiker – zum Fliegenfischen an einen steirischen Gebirgsfluss auf. Für Julian, Robert und Mesmer soll es ein entspannter Tag werden – unter Männern, fernab vom Berufs- und Familienalltag, in der wilden Einsamkeit der Gebirgswelt. Man(n) kommt dabei ins Reden und Sinnieren und fachsimpelt über Frauen, Freunde und Fische. Doch die Harmonie trügt. Eifersucht, Neid und Wut blitzen in der scheinbaren Idylle auf. Die Situation eskaliert, als Julian einen absoluten Prachtfisch fängt …

Paulus Hochgatterer, 1961 im niederösterreichischen Amstetten geboren, studierte Medizin und Psychologie. Er lebt als Kinderpsychiater und Schriftsteller in Wien. Für sein literarisches Schaffen erhielt er zahlreiche Auszeichnungen, darunter den Deutschen Krimipreis 2007 für seinen Roman ›Die Süße des Lebens‹ (2006). Zuletzt erschien der Roman ›Das Matratzenhaus‹ (2009).

Paulus Hochgatterer

Eine kurze Geschichte vom Fliegenfischen

Erzählung

Deutscher Taschenbuch Verlag

Von Paulus Hochgatterer
sind im Deutschen Taschenbuch Verlag erschienen:
Wildwasser (21151)
Die Süße des Lebens (21094)

**Ausführliche Informationen über
unsere Autoren und Bücher
finden Sie auf unserer Website
www.dtv.de**

Ungekürzte Ausgabe 2008
2. Auflage 2010
Deutscher Taschenbuch Verlag GmbH & Co. KG,
München
Lizenzausgabe mit Genehmigung des Paul Zsolnay Verlags

Umschlagkonzept: Balk & Brumshagen
Umschlaggestaltung: Kathrin Hörmann
unter Verwendung eines Fotos von mauritius images
Satz: Eva Kaltenbrunner-Dorfinger
Druck und Bindung: Druckerei C. H. Beck, Nördlingen
Gedruckt auf säurefreiem, chlorfrei gebleichtem Papier
Printed in Germany · ISBN 978-3-423-21072-0

Für Stefan und Christian,
die damals mit mir dort waren.

Er breitete die Arme aus,
einen Meter Länge dazwischen.
»Ich sage dir, so groß war das Ding.«
COLUMN MCCANN: GESANG DER KOJOTEN

Ich wollt,
ich wär ein Fisch.
J. W. V. GOETHE

eins

Als wir uns treffen, wissen wir nichts von dem, was an diesem Tag passieren soll, weder von der Sache mit dem World Trade Center noch davon, dass Julian in den Bärenklau fallen wird und dann in den Fluss. Das Wetter ist anders, als wir es uns vorgestellt haben, das wissen wir.

Ich gehe nach vorne zum Parkplatz und tue so, als sei es am Morgen das einzig Angemessene, im Nieselregen zu einem Parkplatz zu gehen. Ein Tannenhäher bohrt seinen Schnabel in die Böschung, die hinter den Wacholderbüschen ansteigt. Die fetten Eichhörnchen, die hier sonst den Besuchern um die Beine laufen, hocken im Geäst der Kiefern und rühren sich nicht. Die Oberfläche des asphaltierten Zugangsweges glänzt feucht. Vor den Mülltonnen steigen zwei Saatkrähen herum und starren mich an.

Keiner kann schlüssig erklären, warum wir das Auto des Iren nehmen. Vermutlich hat es damit zu tun, dass diesem ockerfarbenen Passat nichts mehr etwas anhaben kann, Regen nicht, Hagel nicht, Dreck schon gar nicht. Julian und der Ire stehen neben dem Auto, Julian in seiner dunkelroten Goretex-Jacke, der Ire in einem dicken, karierten Holzfällerhemd, braun mit viel Lila. »Freust du dich?«, fragt Julian. »Ja«, sage ich, »darüber, dass ich hier wegkomm und darüber, dass wir bei diesem Wetter unter Garantie die Einzigen sein werden.« »Da wäre ich nicht so sicher«, sagt Julian. Er ist jemand, der sich ständig bedroht fühlt.

Ich hole das Zeug aus dem Kofferraum meines Wagens, die Wathose, die Rute, die Klappschatulle, den handgestrickten blauen Pullover, das Gilet. »Du mit deiner Rute«, sagt Julian und lacht säuerlich. Lea hat mir, völlig gegen meine Erwartung, zu Weihnachten eine kanadische Einhandrute geschenkt, leicht und schnell, ein ziemliches Wunderding. Julian passt das nicht. Er ist leider auch sparsam, seit er in Karenz gegangen ist. »Ja, ich mit meiner Rute«, sage ich, »ich werde es euch schon zeigen.« Der Ire lacht dreckig. Nur Psychoanalytiker können auf diese Weise dreckig lachen. »Wer fährt?«, frage ich. »Mit diesem Auto niemand außer mir«, sagt der Ire. Wir sind zufrieden. »Wer hat die Verpflegung?«, frage ich. »Bier, Bauernbrot und

Kärntner Hauswürste«, sagt Julian. »Du darfst vorne sitzen«, sage ich zu ihm. Er freut sich. Dabei ist er einen halben Kopf kleiner als ich, von der Länge seiner Beine ganz zu schweigen.

Der Schranken an der Ausfahrt ist offen. »Habt ihr beim Hereinkommen gesehen, welcher Portier Dienst hat?«, frage ich. »Frankie Boy«, sagt der Ire. Es ist zwar schon einige Jahre her, dass der Ire hier im Haus gearbeitet hat, aber Frankie Boy kennt er immer noch.

»War er besoffen?«

»Wann ist Frankie Boy nicht besoffen?«

»Das heißt, ihr habt nicht darauf geachtet.«

»Stimmt.«

Es ist blöd, aber ich bin sauer, weil die beiden nicht darauf geachtet haben. Wenn Leute wie Frankie Boy um halb neun Uhr früh besoffen sind, ist die Welt in Ordnung. »Warst du um halb neun Uhr früh schon jemals besoffen?«, frage ich Julian. Er tut, als würde er nachdenken, dann schüttelt er den Kopf. »Ich glaube nicht«, sagt er.

»Warst du es überhaupt schon einmal?«

»Frag nicht so blöd!«

Ich wette, er war es noch nie. Und ich wette, er hat nur für den Iren und mich Bier dabei und für sich selbst eine Flasche Frucade.

Ich erzähle, wie der Primarius jener Abteilung, an der ich meine Interne gemacht habe, mitten am Vormittag die Visite unterbrochen hat, um einen Kognak zu trinken, und ich erzähle, wie er jedes Mal einen der Assistenzärzte gezwungen hat mitzutrinken. »Die armen Patienten«, sagt Julian. »Er war trotzdem ein guter Internist«, sage ich. Ob Frankie Boy ein guter Portier ist, weiß ich nicht.

Wir fahren in Richtung Süden, aus der Stadt hinaus. Breitenfurter Straße, Brunner Straße, Autohäuser, Firmen, die zum Beispiel Metallprofile herstellen, Wohnhausanlagen mit Quadratkilometern vorgesetzter Glasfassade, Tankstellen, eine nach der anderen. »Könnt ihr euch vorstellen, dass jemand, der hier wohnt, Fliegenfischen geht?«, fragt der Ire. Wieder so eine Psychoanalytiker-Frage. »Nein«, sagt Julian schließlich, »die gehen alle auf Karpfen. Kneten stundenlang diesen stinkenden gelben Teig und gehen dann an irgendeinen Schotterteich auf Karpfen.« Der Ire murmelt etwas von ›krank im Kopf‹ und ich stelle mir vor, wie die Typen, die hier wohnen, in der Morgendämmerung auf ihre Balkone hinaustreten und die Angel auswerfen.

Der Radius der Kurve, die uns auf die Autobahn hinaufführt, verengt sich. Der Ire flucht, als das

Heck des Passat kurz weggeht. »Reifenprofil null komma nix«, kommentiert Julian. Der Ire sagt nichts. Ich habe den Kragen seines Holzfällerhemdes im Blick. Braun mit Lila, aberwitzig. Der Ire legt keinen besonderen Wert auf Kleidung, sie muss nur zum Wetter passen. »In dem Land, aus dem ich komme, ist das so«, sagt er, was natürlich ein schwaches Argument ist, denn abgesehen von einer vermutlich erfundenen Großmutter mütterlicherseits aus Galway und einer gewissen Neigung, anfallsweise größere Mengen des zwölfjährigen Bushmills zu trinken, gibt es da keinen realen Bezug zu Irland. Vielleicht noch den roten Vollbart, aber der ist ein noch schwächeres Argument. Der Ire heißt jedenfalls seit hundert Jahren der Ire und in Wahrheit weiß keiner mehr, warum. Manche nennen ihn O'Nally oder Keane oder Bloom, sofern sie was gelesen haben. Ich sage am liebsten Paddy zu ihm, was auch nicht besonders originell ist. Offiziell heißt der Ire Robert Bauer. Das stehe auch in seinem Taufschein, behauptet er. Er ist zwei Meter und einen Zentimeter groß. Das kann man nachmessen.

Ein dunkelblauer BMW überholt uns. »Winkst du ihm gar nicht?«, fragt der Ire. Julian kapiert nichts. »Wieso sollte ich?« »Vergiss es«, sagt der Ire.

Er verzichtet auf seinen Standardexkurs über die identitätsstiftende Wirkung von Motorrädern und hinterradangetriebenen Kraftfahrzeugen im Allgemeinen. Außerdem ist Julians Dreier-BMW auch schon ein relativ altes Gefährt, dem zum Beispiel die Verkleidung aus der Beifahrertür fällt; aber das darf man ihm nicht sagen.

Möbelhäuser, eine Zeitungsdruckerei, zwei riesige Windräder. »Die passen in Wahrheit nicht hierher«, sagt Julian, »man ist natürlich für diese ganze alternative Stromerzeugung, aber in Wahrheit passt das nicht zu uns.« Er erzählt von Schleswig-Holstein, wo er sich im Grunde ständig aufhält, weil dauernd jugendpsychiatrische Kongresse in Schleswig-Holstein stattfinden, ›Hyperkinetische Störbilder und Delinquenz‹ zum Beispiel oder ›Neue Trends im Suchtmittelkonsum von Untersechzehnjährigen‹. Er erzählt von dieser endlos ebenen Landschaft und dass dorthin diese Windkraftwerke natürlich perfekt passen. »In Hundertschaften wachsen sie aus dem Boden«, sagt er, »in manchen Gegenden steht bis zum Horizont ein solches Ding neben dem anderen.« Dass Julian ›Hundertschaften‹ und ›Horizont‹ sagt und einen BMW fährt, passt irgendwie nicht zusammen. »Die Mengen von Windkraftwerken und Neonazis verhalten sich immer direkt proportional zueinander«, sagt der Ire, »– dritter Hauptsatz.«

»Wovon?«, frage ich.

»Was heißt: wovon?«

»Dritter Hauptsatz wovon? Der Wärmelehre?«

»Einfach dritter Hauptsatz.«

Julian wird unruhig. »Heute bitte keine Politik«, sagt er.

»Was sind die anderen Hauptsätze?«, frage ich. Der Ire schiebt eine Kassette in den Rekorder. »Der erste Schluck Frühstückskaffee beweist die Realität deiner Existenz stärker als der Anblick deiner Mutter«, sagt der Ire, »– erster Hauptsatz.« Ich denke, das ist banal. »Könnt ihr bitte mit diesem Hauptsatzscheiß aufhören«, sagt Julian. Ständig sagt er bitte. Es kracht erst aus den Lautsprechern, dann kommen Gesumme, Klavier und Mozart. Ich kenne diese Aufnahme. Der Ire spielt sie immer, wenn er jemanden im Auto mitnimmt. Chick Corea und Bobby McFerrin. Das soll fröhlich machen, sagt er manchmal.

Die Südautobahn ist relativ wenig befahren. Der Ire nimmt die mittlere Spur und steht schwer auf dem Gaspedal. Dabei hat er einen verbissenen Ausdruck im Gesicht. Knapp hundertvierzig, mehr gibt der Passat nicht her. »Erstens keine Hauptsätze, zweitens keine Politik«, sage ich, »– worüber dürfen wir reden?« – »Erzähl mir was von Japin«, sagt Julian.

Japin ist die eigentliche Ursache von Julians Karenzierung, eine frettchenartige Person, die es auf undurchsichtige Weise geschafft hat, sich Derbolav, unseren Chef, gefügig zu machen. Manche behaupten, er fälscht ihm irgendwelche Statistiken, andere, er tut es mit Hilfe schmutziger Psychotricks. Überhaupt entzweit der Typ die Kollegenschaft. Martina Beyer zum Beispiel, die Sozialarbeiterin auf meiner Station, ist der Ansicht, erst durch einen Psychopathen werde ein Team richtig stabil. Manchmal denke ich, sie hat etwas laufen mit ihm, irgendeine ›Darf ich in deine Ferse beißen?‹-Nummer oder so in der Art. Jedenfalls glänzen ihre Augen, wenn er am Telefon seine Standardvorstellung gibt: ›Japin, wie Schaljapin, nur ohne Schal, und singen kann ich auch nicht.‹ Dabei hat er nichts mit Russland am Hut und seine Familie lebt schon seit tausend Jahren in Österreich.

»Was willst du hören?«, frage ich Julian.

»Was tut er? Wen beseitigt er gerade, jetzt, wo ich weg bin?«

»Er tut, was er immer tut: nichts. Er schraubt sich um die Nachtdienste, ist die halbe Zeit entweder auf Sonderurlaub oder mit dem Chef unterwegs, schwingt ansonsten große Reden und zitiert dabei immer aus denselben Artikeln.«

»Die biologischen Grundlagen von Persönlichkeitsstörungen.«

»Exakt.«

»Und sonst?«

»Nix sonst. Wenn er nicht genügend Aufmerksamkeit kriegt, wird er krank. Wie immer.«

Julian seufzt. Manche Menschen beziehen ihre Sicherheit vorwiegend aus dem Gleichbleiben ihres Elends.

»Und er trägt immer noch diese rotbraunen Golfschuhe mit den hellen Schnürbändern«, sage ich. Julian hasst diese Schuhe. Und er hasst Golf. Alle Fliegenfischer hassen Golf.

Japin tut so, als treibe er sich ständig auf irgendwelchen Greens herum. Er wirft mit ›Handicaps‹ und ›Bogeys‹ und ›Birdies‹ nur so um sich und behauptet, er habe zu Hause in seiner Bibliothek eine Vitrine, in der er von jedem Turnier, das er spiele, einen Ball aufbewahre. Ich kenne keinen, der in Japins Bibliothek war, und ich kenne keinen, der jemals mit ihm Golf gespielt hat.

Ein schmaler blassgelber Streifen zieht sich von Südosten schräg über den Himmel.

»Hoffnung«, sage ich. »Aha«, sagt der Ire, »inwiefern?«

»Wettermäßig.«

»Ist das die Schlafentzugseuphorie nach dem Nachtdienst?«, fragt Julian. »Vielleicht«, sage ich, »ein Maniker ist gekommen.« Der Ire dreht die Lautstärke zurück und wechselt auf die rechte Spur.

Der Nachtdienst habe sich anfangs gar nicht so schlecht angelassen, erzähle ich. Auf beiden Stationen sei es ruhig gewesen, nur die weinerliche Hutgeschäftsbesitzerin auf Subakut habe wieder einmal eine Reihe fremder Männer auf dem Fensterbrett sitzen gehabt. Sie habe daher schon um halb sieben ihr Schlafmittel bekommen. Wir seien dann Beine hoch im Schwesternzimmer gesessen und hätten von unseren Sommerurlauben erzählt. Um halb zwölf habe Laura die Ravioli ins kochende Wasser gekippt und sei aus ihrer Weste geschlüpft. »Manchmal soll man so etwas nicht tun«, sage ich. »Was?«, fragt Julian. »Aus Westen schlüpfen«, sage ich.

Zunächst sei eben dieser Maniker eingeritten, mit Sohn, Schwiegertochter, Ehefrau und einer Aufstellung all jener Dinge, die der Mann während der letzten Wochen gekauft gehabt habe. Elf Paar handangemessene Schuhe, zwei Hunde, und zwar einen Chow-Chow und irgendeinen absurd seltenen mittelenglischen Terrier, einen Chronographen von Vacheron-Constantin und ein sechsundneunzigteiliges, schwer versilbertes Essbesteck von Robbe & Berking. Zwanzig Minuten später sei auch diese dünne blonde Frau in der Tür gestanden, die sich mit einer Rasierklinge Unterarme und Kopfhaut aufgesäbelt gehabt habe. Polizeibegleitung, amtsärztliche Einweisung, das übliche Theater. Als Draufgabe eine völlig überschminkte Jugendamtssozialarbeiterin, die nicht gewusst habe, was sie mit der dreijährigen Tochter der Frau tun solle. Die halbe Station sei wieder wach gewesen. Björn, der junge Zwängler, habe angesichts des Blutbades einen Anfall akuter AIDS- und Hepatitis-Phobie erlitten und die Ravioli seien um zehn vor drei schließlich endgültig zu vergessen gewesen. »Laura hat eine Ausstrahlung gehabt wie ein Distelfeld«, erzähle ich, »und ich bin in meinem Dienstbett gelegen und habe Löcher in die Finsternis gestarrt.«

»Laura«, sagt Julian. »Ja, Laura«, sage ich und denke, das Einzige, das ihn interessiert, ist, ob ich mit ihr schlafe oder nicht. Andererseits würde Julian das niemals fragen, bestenfalls etwas wie: »Na, du kennst sie ja ziemlich gut«, und ich würde darauf sagen: »Kommt drauf an«, und er würde augenblicklich Angst bekommen, seine Frau könne ihn verlassen. »Was fragst du dich gerade?«, frage ich den Iren. Der Ire sagt: »Ob du mit ihr schläfst, natürlich«, und dreht die Lautstärke hoch, denn es hat soeben der zweite Satz des Viersechsundsechziger-Konzertes begonnen, und bei dem muss er immer mitsingen. Eine sentimentale Jugenderinnerung, behauptet er. Julian wendet sich halb um. »Na und?«, fragt er. »Was na und?«, frage ich zurück.

»Tust du's?«

Wenn ich platt wie irgendwas aus dem Nachtdienst komme, ertrage ich diese katholische Form des Voyeurismus ganz besonders nicht. »Na sicher tu ich's«, sage ich. Er ist still. Julian hat eine kleine, rundliche Frau, die in regelmäßigen Abständen Kartoffelpüree mit ligurischen Oliven kocht, sensationelles Kartoffelpüree mit sensationellen Oliven, von denen sie unerschöpfliche Vorräte zu besitzen scheint. Am Schluss streut sie eine Spur Rosmarin oben drauf, mit dem Wiegemesser ganz fein gehackt. Julian liebt seine Frau, daran besteht gar kein Zweifel, und doch beschleicht einen immer wieder ein kleines Unbehagen. Manchmal denke ich, er wird sie eines Tages verlassen, weil ihm die Vorstellung, sie könne ihn langweilig finden, unerträglich geworden ist, oder sie wird ihn verlassen, weil sie fürchtet, er könne sie nicht genügend wertschätzen, und in Wahrheit tut sie's, weil sie öfter vögeln möchte, und er weiß nichts davon und sie auch nicht. Eine gewisse Rolle wird dabei sein Bein spielen, aber davon darf man eigentlich nicht reden. Julians rechtes Knie ist bei einer Arthroskopie nach einem Fahrradunfall verpfuscht worden und halbsteif geblieben, das heißt, er kann es vielleicht dreißig Grad beugen, mehr aber auch schon nicht. Mit dem Radfahren ist es zum Beispiel komplett vorbei. Darüber darf man klarerweise auch nicht reden und schon gar nicht darf man den Begriff ›halbsteif‹ in Gegenwart eines Psychoanalytikers verwenden.

»Warum schläfst du eigentlich nicht mit Laura?«, fragt der Ire, als der langsame Satz aus dem Viersechsundsechziger-Konzert vorbei ist. Ich bin verblüfft. »Ich hab doch eben gesagt, ich tu's«, sage ich. Der Ire lacht. »Das glaubt dir keiner«, sagt er. »Na, wie du meinst«, sage ich, weil mir nichts Besseres einfällt. Julian schnallt das Ganze glücklicherweise nicht. Er denkt vermutlich an seine Frau, hat Schuldgefühle dafür, dass er zum Fischen fährt, und fragt sich, von wem die Musik ist, die wir da hören. Für ihn gibt es Bob Dylan, Leonard Cohen, Pink

Floyd und Janis Joplin. »Alles in irgendeiner Art Kirchenmusik«, hat der Ire einmal gesagt. Für diese ›Me and Bobby McGee‹-Nummer stimmt das sicher.

Ein dunkelroter Mercedes-Kastenwagen überholt uns mit qualmendem Auspuff. »Trottel«, sagt Julian halblaut. Hundertprozentig denkt er an seine Frau.

»Hat sie Hammerzehen?«, fragt der Ire.

»Wer? Laura?«, frage ich.

»Ja. Hat sie Hammerzehen? Oder schwarze Wolle hinten auf den Oberschenkeln?«

»Nein«, sage ich, »das nicht.« Manchmal kann ich ein unglaublich diskreter Mensch sein. Ich selbst habe eine hässlich eingezogene Blinddarmnarbe, außerdem ein daumennagelgroßes Muttermal über dem linken Schulterblatt, für Lea seit Jahren Krebs im fortgeschrittenen Stadium. Wenn ich sie dann frage: »Warum hättest du mich gern tot?«, findet sie das gar nicht lustig und schlägt mit Fäusten auf mich ein. Lauras fünfte Finger sind beinahe so lang wie ihre Ringfinger, was allerdings nichts mit ihren Qualitäten als psychiatrische Krankenschwester zu tun hat. Obwohl sie mit Sicherheit nicht größer ist als einsfünfundsechzig und auch keine Kampfsportart beherrscht, habe ich sie noch nie in Panik gesehen. Oder einmal vielleicht: als damals dieser blonde Tontechniker mit der schizoaffektiven Psychose das Gangfenster im dritten Stock zerschoss und mit einem Leintuch als Fallschirm hinaussprang. Sie besuchte ihn mehrmals die Woche drüben auf der Unfallchirurgie, veranlasste seine Rücktransferierung an unsere Abteilung und brachte ihn schließlich nach wenigen Wochen wieder auf die Beine, was bei einem doppelten offenen Unterschenkelbruch nicht so einfach ist.

Wir sprechen kurz über diese Geschichte, vor allem über den metallicblauen Mini Cooper des Oberpflegers, dessen Dach völlig eingedrückt war, von der sonstigen Besudelung gar nicht zu reden, Blut und Kotze, wie es halt bei so einem Ereignis zu erwarten ist. Die Versicherung zahlte übrigens genau null, denn die Gemeindespitäler sind in Wahrheit gegen nichts versichert, und Selbstmordversuche schließen sowieso jede Leistung aus. Der Oberpfleger, der von vornherein ein wenig zur Paranoia neigt, stellte sein Auto in der Folge immer auf dem Parkplatz des Verwaltungsgebäudes ab, wobei ihm genau genommen auch keiner garantieren kann, dass nicht einmal ein verzweifelter Mensch aus einem Büro der Personalabteilung oder der Kostenrechnung springt. »Beamte bringen sich nicht um«, sagt der Ire. »Warum nicht?«, fragt Julian.

»Die Pragmatisierung ist ohnehin der vorweggenommene Selbstmord.«

»Das sehe ich nicht so.« Julian befindet sich in Karenz, ist aber gleichzeitig pragmatisiert, das heißt, im Grunde versteht ein jeder seine Irritation. »Du bestehst, mit anderen Worten, auf deinem Recht, dich umzubringen?«, sagt der Ire.

»Genau.«

Ich starre Julian in den Nacken und stelle mir vor, wie er zu Hause durch seine Wohnung geht, vielleicht am Vormittag nach einem Nachtdienst, und gegen die Decke blickt auf der Suche nach einem Haken oder einer Öse und nichts findet, nicht das kleinste Ding, in das man einen Strick knüpfen könnte, nicht einmal in diesem enormen, hallenartigen Speisezimmer. Ich stelle mir vor, wie er sich dann hinsetzt, vollkommen ratlos, und nach einer Wohnzeitschrift greift oder nach einem kinderpsychiatrischen Fachbuch. Die Schultern fallen ihm nach vorn. Er trinkt ein Glas Wasser mit Zitrone und als etwas später Frau und Kinder nach Hause kommen, umarmt er alle wortlos.

Die Autobahn schneidet durch die Schwarzföhrenwälder des Wiener Beckens. »Harzgewinnung über Jahrhunderte«, sage ich. »Herstellung von Lacken, Lasuren und Kolophonium«, sagt der Ire.

»Erste oder zweite Klasse Gymnasium?«, fragt Julian. »Geografie erste Klasse, erstes Semester«, sagt der Ire.

Der gelbe Streifen am Himmel ist zu einem mächtigen Keil geworden. Beinah erwartet man die Sonne. Ab und zu wirft sich eine Westwindbö gegen das Auto. Eine grüne Hinweistafel. Raststätte in zweitausend Meter. »Frühstück«, sagt der Ire.

zwei

Der Ire stellt den Passat haarscharf neben einem Behindertenparkplatz ab und ich bin in diesem Moment absolut sicher, dass ihn, genau wie mich, manchmal der Drang überfällt, breit alle Behindertenparkplätze dieser Welt zu besetzen. Ein Armutszeugnis für einen zivilisierten Menschen, zugegeben, aber manchmal schlägt einfach das Böse durch. Ich sehe dann Schreiduelle mit Rollstuhlfahrern vor mir oder Krückenattacken, sehe mich am Ende süffisant lächelnd davongehen und keiner zeigt mich an.

Julian macht vor dem Auto ein paar hampelmannartige Streckübungen. Ich denke, das ist eine Gewohnheit, die er sich seinerzeit für seine Kinder zugelegt hat: ›Auf längeren Autofahrten sind Pausen wichtig und in diesen Pausen dehnt man erst einmal den Körper.‹ Es fällt ihm auf und er sagt: »Ich bin nicht fürs Autofahren gebaut«, was natürlich ein Blödsinn ist, denn in Wahrheit leidet er unter Flugangst und fährt überall mit dem Auto hin. Zuletzt erst war er in den Pyrenäen, ganz ohne Panne, wie er behauptet, aber wie jeder BMW-Fahrer besitzt er eine grenzenlose Idealisierungsbereitschaft gegenüber seinem Auto.

Ich verzichte auf die Jacke, obwohl es in Wirklichkeit saukalt ist. Der Fußweg ist nicht lang. »Es ist Sommer, es ist Sommer, es ist Sommer«, sage ich vor mich hin. Der Ire blickt mit einem Auge gegen den Himmel. Ich erwarte etwas wie: »In der reinen Kalendertheorie ist es Sommer«, oder: »Am Shannon ist es um diese Jahreszeit nie wärmer!«, aber er macht bedächtig seine Zweimeterschritte und sagt gar nichts.

Drehkreuze am Eingang von Autobahnraststätten sind noch ärger als Behindertenparkplätze. »Rausreißen oder sprengen?«, frage ich. »Niedertreten«, sagt der Ire. »Ihr seid so was von aggressiv«, sagt Julian. »Wir sind auch nicht in Karenz«, sage ich. »Selber schuld«, sagt Julian. »Das ist, weil wir Japin lieben«, sage ich, »im Gegensatz zu dir.« Julian verdreht die Augen.

Das Innere des Restaurants stellt sich als eine Mischung aus Almhütte und Western-Saloon dar. An den Wänden hängen wurmstichige Holztüren mit rostigen Beschlägen. Die Rattanstühle fühlen sich wenigstens halbwegs bequem an. Das Mädchen, das die Bestellungen aufnimmt, ist ausgesprochen blass. Es trägt einen kurzen Raulederrock und unter der halb transparenten weißen Bluse einen glatten Sport-BH. Als es an den Tisch tritt, macht es eine Kopfbewegung, als werfe es das Haar zurück, obwohl es da nichts zurückzuwerfen gibt. Seine Fingernägel sind abgenagt. Es schreibt ungelenk, das sieht man.

»Was habt ihr euch soeben vorgestellt?«, frage ich, als das Mädchen wieder weg ist. Der Ire grinst. Julian blickt mich an, dann den Iren, dann wieder mich. »Na was wohl?«, fragt er. »Na was?«, frage ich. »Na was?!«, äfft Julian nach. »Du meinst: die Bluse und der BH und der Rock und alles«, sagt der Ire.

»Genau.«

»Ich habe mir vorgestellt«, sage ich, »dass sie auf dem Fahrrad einen See entlangfährt. Ich sitze im Boot und manchmal, wenn sie hinter dem Schilf verschwindet, sieht man nur ihren Kopf mit dieser dunkelbraunen Igelfrisur.« Julian ist unzufrieden. »Das behauptest du nur«, sagt er. »Wie du meinst«, sage ich. »Und du?«, fragt er den Iren. »Ich hatte eine kurze väterliche Aufwallung«, sagt der Ire und dann kann er nicht weiterreden, denn in diesem Moment kommt das Mädchen zurück und bringt den Kaffee. Es beugt sich vorsichtig zu uns und stellt das Tablett ab. Auf seinen dünnen Unterarmen sieht man einen feinen Flaum. Er ist erstaunlich hell. »Die Eier dauern noch ein bisschen«, sagt das Mädchen. Es riecht ganz leicht nach Leder und Waschpulver. Ich stelle mir vor, dass ich an einem Landungssteg das Boot vertäue, mich ebenfalls auf ein Fahrrad setze und hinter dem Mädchen her fahre. Ich sehe seine rund nach vorne gekrümmten Schultern, die auf- und absteigenden sehnigen Waden und, wie die Bluse hinten langsam aus dem Rockbund rutscht. Rechts von uns fliegt ein Graureiher auf. Der Ire rührt unglaubliche Mengen von Zucker in seinen Kaffee. Julian trinkt ihn schwarz. Ich beiße von einem Croissant ab, obwohl ich eigentlich warten und das Croissant erst am Schluss essen wollte.

»Natürlich könnte ich sagen, ich stelle mir vor, sie würde wiederkommen und unter der Bluse keinen BH mehr tragen,« sagt Julian, »oder sie würde mir etwas Anzügliches ins Ohr flüstern. Ich könnte mich dann nicht halten und würde augenblicklich über sie herfallen. Und natürlich könnte ich sagen, sie wäre begeistert davon.« Julian schaut drein, als erzähle er von etwas sehr Unangenehmem, zweimal hintereinander in die Hundekacke treten oder so. »Aber das wäre alles nicht wahr«, sagt er schließlich. Der Ire zieht eine Augenbraue hoch und schmiert bedächtig Butter auf eine Weißbrotschnitte. »Wahr oder nicht wahr ist vollkommen wurscht. Außerdem muss man dieses ›könnte, würde, wäre‹ weglassen«, sagt er, »eine Vorstellung ist eine ziemlich indikativische Angelegenheit.«

»Was soll das heißen – indikativisch?« Julian ist irritiert.

»Eine Vorstellung besitzt einen höheren Realitätsgehalt als das bloße Durchspielen von Möglichkeiten.«

Der Ire versucht, das Ganze anhand von Schinken auf Brot und Titten unter Blusen zu erklären. Julian kapiert trotzdem nichts. Widerstand, denke ich, und ich denke an diese katathym-imaginative Psychotherapie, aber ich sage nichts, denn der Ire ist Psychoanalytiker und hat damit sicher nichts am Hut. Abgesehen davon: Wer will in seiner Freizeit schon über Psychotherapie reden und überhaupt bringt jetzt dieses herrliche Mädchen die Rühreier. Der Schulenstreit zwischen Psychoanalyse und systemischer Familientherapie, den man mit Julian und dem Iren jederzeit haben kann, ist somit abgewendet. Die Rühreier sind recht ordentlich, an manchen Stellen optimal flaumig, mit ab und zu einem Speckstreifen drin.

Wir sprechen ein wenig über den Zusammenhang zwischen der Bedeutung des Frühstückes und dem romantischen Bild von Familie, das man so in sich trägt. Julian behauptet, nur wer den Tag mit etwas gemeinsamem Gesundem eröffne, Grapefruitsaft zum Beispiel, liebe seine Familie wirklich, und der Ire entwirft ein Gegenkonstrukt, in dem am Anfang bestimmter narzisstisch motivierter Machtstrukturen das militante Müsliessen steht. Außerdem sei Grapefruitsaft das Allerletzte.

Ich stelle mir vor, wie das Mädchen schließlich rechts ausschert, einen flachen Wiesenhang hinabrollt und das Rad einfach liegen lässt. Es geht ein Stück das Ufer entlang, bis zu einer kleinen Halbinsel. Dort bleibt es stehen und sieht zwei Männern zu, die dabei sind, eine mächtige Kopfweide zu beschneiden. Der eine kappt dickere Aststümpfe mit einer gebogenen Stielsäge, der andere fasst Zweige vom Boden und schnürt sie zu Bündeln. Das Licht ist diffus hellgelb, leichte Schlieren liegen vor der Sonne.

Julian ist mit dem Essen fertig. Er knüllt seine Serviette auf den Tisch hin und steht auf. »Ich muss euch etwas zeigen«, sagt er. Er holt eine rechteckige

Dose aus mattiertem Blech aus seiner Jackentasche und klappt sie vor uns auf. Zwei Armeen von Goldkopfnymphen, links gut zwanzig Stück von einem rundlich gedrungenen Modell, rechts zirka gleich viel, deutlich schlanker. »Darauf werden sie heute abfahren«, sagt Julian. Der Ire kratzt sich am Nasenrücken.

»Du glaubst nicht daran?«

»O doch, o doch!« Der Ire ist ein höflicher Mensch.

Diese Goldköpfe sind vor allem im Frühjahr fängig, habe ich gelesen, und wir haben immerhin September. Ich frage Julian, wie lange er an den Dingern gebunden hat. Er freut sich und erzählt allerhand, von Antron-Dubbing, diesem feinfasrigen Basismaterial, und von Wickelblei-Streifen, auf die es besonders ankomme, da die Goldköpfe rasch sinken müssten. »Mit der Zeit automatisierst du es«, sagt er, »die fünfzehnte bindest du quasi mit geschlossenen Augen.« »Ich binde gar nichts, weder mit offenen noch mit geschlossenen Augen«, sage ich und lache. Als Anfänger bist du zwar der Trottel, aber es nimmt dir keiner krumm.

Beim Abservieren bleibt der Blick des Mädchens für eine Sekunde an der Fliegendose hängen. Eine kleine Verwirrung steigt ihm ins Gesicht. »Goldkopfnymphen«, sage ich. Das Mädchen stapelt unsere Teller übereinander. Ich stelle mir vor, es fragt sich, ob diese eigenartigen Schmuckstücke für die Ohren bestimmt sind oder für anderswo. Wir schauen freundlich und sagen, dass die Eier wunderbar waren und der Rest auch.

»Habt ihr den Flaum auf ihren Unterarmen gesehen?«, frage ich. Der Ire nickt. »Blonde Wolle«, sagt er. Wie bei einem Kind, denke ich, obwohl das Mädchen sicher achtzehn ist oder vielleicht sogar zwanzig und Kindern normalerweise so ein Flaum gar nicht wächst. »Was du immer mit Frauen und Wolle hast«, sagt Julian. »Da gibt es so einen Witz, von dem ich nur die Pointe weiß«, sagt der Ire, »– willst du ficken oder stricken?« Julian schiebt sich mit Daumen und Zeigefinger seine Mundwinkel nach oben. Zu sagen traut er sich nichts, denn es ist klar, dass das Ganze ein wenig substanzarm wäre, gäbe es nur den Reim, das heißt, dass da etwas Symbolisches dahinter steckt, und mit der symbolischen Bedeutung des Strickens kennt er sich nicht aus. Außerdem ist ein Dialog ausrechenbar, der ungefähr so verläuft:

»Das heißt, du denkst bei jeder Frau, an der du etwas wie Wolle wahrnimmst, ans Ficken?«

»Ich denke überhaupt bei jeder Frau ans Ficken – du nicht?«

Julian überschlägt, wann denn zuletzt der Ire Kontakt zu seiner, Julians, Frau hatte, erinnert sich kurz an die Frühzeit seiner Ehe, in der seine Frau reihenweise Strampelhosen und Kinderpullover gestrickt hat, und schon kriecht Panik in ihm hoch.

Der Ire schnappt sich noch ein drittes Croissant. »Wir haben einen kalten Tag vor uns«, sagt er. Auch er hat den Schnaps vergessen, schätze ich. Julian zieht eine der Goldkopfnymphen aus dem Styropor des Dosengrundes und dreht sie zwischen den Fingern hin und her. Ich stelle mir vor, wie sie ganz nah am Mundwinkel des Mädchens sitzt und der Messingknubbel in der Sonne blitzt. »Du hast vergessen, den Widerhaken anzudrücken«, sagt der Ire. Darauf scheint Julian vorbereitet zu sein. »Kann ich ja immer noch.« Er hängt die Nymphe mit der Hakenspitze in den Rand des Brotkorbes.

»Wir könnten die Kleine mitnehmen«, sagt der Ire, während er sich Brösel vom Hemd wischt, »Mesmer, du bringst es ihr bei.« Seitdem er weiß, dass ich vor Jahren eine Ausbildung in Hypnose gemacht habe, nennt er mich so. Dabei ist es ihm egal, dass ich sie nur anwende, wenn Lea zum Zahnarzt muss. »Bei euch muss man immer fürchten, dass ihr was Dreckiges vorhabt«, sagt Julian.

Der Ire zieht eine winzige, schwarz eloxierte Nadelklemme aus seiner Brusttasche, greift sich die Nymphe vom Brotkorb und drückt den Widerhaken an. »Halt!«, protestiert Julian, kassiert den Goldkopf und klappt die Dose zu. »Widerhaken aufgespreizt lassen, aber den anderen dreckige Absichten unterstellen!«, beschwert sich der Ire.

»Gut. Ich frage einfach: Dürfen wir Sie auf einen Tag Fliegenfischen einladen?«, sage ich. »Sie denkt an Robert Redford und Brad Pitt und ›Aus der Mitte entspringt ein Fluss‹ und kommt mit«, sagt der Ire, »alle denken bei Fliegenfischen an Robert Redford und Brad Pitt.«

Wir einigen uns darauf, dass es eine kupferrote Daunenjacke ist, in die sie schlüpft. Außerdem hat sie Ohrenschützer mit Federbügel dabei und Wollhandschuhe mit bunten Fingerspitzen, alles, als wäre schon Winter. Sie darf im Auto natürlich vorne sitzen. Wir erzählen ihr, es sei unsere berufliche Hauptbeschäftigung, für diverse Fachzeitschriften Jagd- und Angelreviere zu testen. Entsprechend den Gastrokritiken hätten wir bis zu fünf Forellen beziehungsweise Gamsköpfe zu vergeben. Sie glaubt es nicht so ganz und hält uns erst für Lehrer, dann für Bankangestellte. Sie selbst ist frisch diplomierte Kindergärtnerin, die, wie üblich, nicht sofort eine entsprechende Stelle bekommen hat. Der Freund einer Freundin war einmal auf Zander in Ungarn oder Moldawien, wobei es eine ganze Woche lang in Strömen geregnet hat. Gefangen hat er in Wahrheit gar nichts und am Ende einen gekauften Fisch nach Hause mitgebracht, obwohl er das öffentlich niemals zugeben würde. Sonst ist sie mit Angeln nie in Berührung gekommen. Fisch isst sie nur, wenn es sein muss. Der Ire dreht die Heizung hoch und natürlich zieht sie die Jacke bald aus und der Blick auf die Bluse ist frei, erst recht, als sie zwischendurch einschläft. Allein, der Sport-BH rührt sich nicht von der Stelle, aber wir verkraften das. Als es von der Autobahn ins Gebirge geht, wacht sie in den ersten Kurven auf und muss erst ihre Augen gerade richten und die Worte sammeln, und wir kriegen Anfälle von Väterlichkeit und Niederküssenwollen gleichzeitig. Sie erzählt von ihren Katzen und jenem Wellensittich, der auf ihrem Scheitel zu landen pflegte und schließlich an einem Darmverschluss zugrunde ging. Wir erzählen von unseren Frauen oder Freundinnen und Kindern, ich nur von meiner Freundin, denn Kind gibt's bei mir noch keines. Vor allem erzählen wir, dass unsere Frauen und Freundinnen und Kinder so gut wie nie zum Angeln mitkommen, ob leider, darüber lassen wir uns nicht im Detail aus. Julian erzählt natürlich noch seine ›ein Huchen von siebzehn Kilo an einem klirrend kalten Februartag‹-Geschichte und ist glücklich, weil sie nachfragt, was denn das sei, ein Huchen. Beim Aussteigen ist sie entzückt über die geballte Natur, die da über uns herfällt. Sie umkreist uns in kleinen wilden Sprüngen. Ihre Wangen sind jetzt rot und ihre Beine um drei Klassen länger, als es ursprünglich den Anschein gemacht hat. Sie bewundert unsere Wurfkünste gebührend und streift dann, während wir weiter fischen, durchs Unterholz, auf und ab und auf und ab. Wir beginnen zu fürchten, sie könne uns zwischen Wurzelstöcken und Felsen verloren gehen. Julian wirft als Erster die Nerven weg. Er gibt ihr auf flacher Hand ein Stück Bitterschokolade, so als wäre es Würfelzucker und sie ein Pferd. In der Folge hört er nicht auf, sie zu füttern, bis seine Essensvorräte total aufgebraucht sind. Ich selbst zeige ihr erst sämtliche Fliegen, die wir dabei haben. Dann nehme ich die Perlenstecker aus ihren Ohren und hänge zwei Streamer vom Typ Marabou Muddler ein, links einen gelben, rechts einen roten. Sie sieht umwerfend aus. Notfalls könnte man Schnüre einknüpfen. Der Ire schließlich nimmt sie einfach an der Hand, führt sie in die Mitte einer großen, linsenförmigen Schotterbank und trägt ihr auf, dort stehen zu bleiben. Sie lächelt ihn an und tut es.

Beim Hinausgehen kaufe ich eine Halbliterflasche Birnenbrand von einer unbekannten steirischen Destillerie. Der Ire zahlt mein Frühstück. »Wenn schon Geburtstagseinladung, dann auch komplett«, sagt er. Julian murmelt, was wir eh wissen, nämlich, dass er keine Ahnung von Schnaps hat.

Auf dem Behindertenparkplatz steht ein bronzefarbener Mitsubishi Pajero. Der Ire meint, er habe zufällig ein Filetiermesser im Gepäck, das gehe auch durch dickwandige Reifen wie durch Butter. Julian beeilt sich, ins Auto zu steigen. Als wir uns in Bewegung setzen, reibt er sich die Hände. »Jetzt wird es ernst«, sagt er.

Wir hätten dem Mädchen Julians Zweitrute zum Halten geben oder ihm auf jener Schotterbank Steine auf die Stiefel häufen können, denke ich. Dann stelle ich mir vor, wie wir dem Mädchen die Jacke ausziehen, die Ärmel des Pullovers hochschieben und ihm mit einer winzigen Haarschneidemaschine den Flaum von den Unterarmen scheren. Die Härchen packen wir in eine Kunststoffdose mit durchsichtigem Deckel. Später wird einer von uns Fliegen daraus binden. Am ehesten der Ire, der kann es am besten.

drei

Die Schichtbewölkung ist dabei sich aufzulösen. Auf mehreren Bahnen jagen mächtige Haufenwolkenreihen von West nach Ost. »Der Himmel fetzt«, sage ich. Ich denke, am Fluss wird es keinen Regen geben; Nebel ja, Regen nein.

Wir zweigen von der Autobahn ab, folgen ein Stück der Schnellstraße, fahren dann die wenigen Kehren zur Semmering-Passhöhe hoch. Der Ire hat die Musik gewechselt. Gitarre, eine Autohupe, Männerstimme. Die graugrünen Schneisen der Schipisten erreichen links und rechts die Straße. Julian scheint zu schlafen. Der Ire fährt den Passat chronisch untertourig. Ab und zu summt er. Der Container-LKW vor uns scheint ihn nicht zu stören. »Fährt man in Irland eigentlich links oder rechts?«, frage ich. »Links«, sagt er. Ich schätze, er hat einfach geraten. Trotzdem glaube ich ihm.

Mir fällt die kleine rothaarige Musikstudentin ein, die uns seit einiger Zeit mit immer dem gleichen Ritual beschäftigt: Sie macht einen halbherzigen Selbstmordversuch – zwanzig Tabletten von irgendwas plus eine Viertelflasche Tequila –, wird aufgenommen, ist leidenschaftslos, düster und schlafgestört. Sie verlangt Medikamente, richtet es sich auf der Station nach und nach häuslich ein, angelt sich einen der Mitarbeiter als Therapeuten und erholt sich rasch. Alle sind hingerissen von ihr, wenn sie sich nach drei, vier Wochen ihr Cello bringen lässt und im Gruppenraum Bach spielt oder ›Yesterday‹ oder ›I talk to the trees‹. In diese allgemeine Hingerissenheit hinein setzt sie dann irgendeine absurde Aktion, ritzt sich zum Beispiel mit einem Glasscherben die Bauchhaut kreuz und quer auf, versucht mit einem Infusionsständer die Drahtglasscheiben des Eingangstores zu zertrümmern oder schneidet allen Puppen und Stofftieren, die sie finden kann, die Köpfe ab. Danach ist sie entspannt und beschließt zu gehen. Keiner denkt daran, sie aufzuhalten.

»Sei froh, dass du aus dem Spital weg bist«, sage ich zum Iren. »Bin ich auch«, antwortet er, »das normale Leben ist krank genug.« Der Ire behandelt einerseits Menschen, die darauf bestehen, viermal pro Woche zu ihm zu kommen oder, wenn sie schon nicht kommen, zumindest viermal pro Woche zu bezahlen. Andererseits supervidiert er hoffnungsvolle Ausbildungskandidaten und hetzt sie gegen die Mafia der Lehranalytiker auf. Manchmal trinkt er einfach Tee mit ihnen, und manchmal gehen sie gemeinsam ins Kino und er zahlt die Karten. In der Psychoanalytischen Vereinigung wissen das alle, aber keiner traut sich was gegen ihn zu tun. »Das macht meine Größe«, sagt er, »zwei Meter und hundert Kilo – da scheißen sich auch die Reservefreuds an.«

»Würdest du eine rothaarige Musikstudentin in deine Praxis übernehmen?«, frage ich. Der Ire überlegt und schüttelt schließlich den Kopf. »Eher nicht«, sagt er.

»Warum nicht?«

»In rothaarige Musikstudentinnen verliebe ich mich leicht.«

»Auch wenn sie Autoantennen abbrechen und kleineren Kindern die Arme ausrenken.«

»Auch dann.«

»Du hasst sie nicht dafür?«

»Ich denke, du hast nicht gesagt, dass es meine Antenne oder mein Kind ist.«

Wir reden kurz über Distanz als Instrument des Selbstschutzes, über die kleinen Anfälle von Psychopathie, die einem in unserem Geschäft das

Überleben sichern, und über jene Kollegen, die sich immer ein Stück zu weit in ihre Patientengeschichten hineinbegeben und sich dadurch auf Dauer selbst zerstören. Dann dreht der Ire die Musik einen Strich lauter. *I'm leavin' my family, leavin' all my friends.* Julian rollt den Kopf von einer Seite auf die andere, schläft aber weiter. In einer Senke rechts neben der Straße stehen zwei Rehe auf der Wiese. *My body's at home but my heart's in the wind. Shiver me timbers.* »Rehe haben die schönsten Ohren auf der Welt«, sage ich und es kommt mir komischerweise überhaupt nicht pathetisch vor.

»Als Psychologe unter Psychiatern bist du an einer Spitalsabteilung sowieso der Trottel«, sagt der Ire, »ganz unabhängig von den Chefs, die gar nicht anders können, als ihre neurotische Egomanie mit Qualität zu verwechseln.« Auch als Psychiater unter Psychiatern bist du vorwiegend der Trottel, aber das sage ich jetzt nicht. »Was einen als denkenden Menschen wirklich bedroht«, sagt der Ire, »sind zwei Dinge: Dummheit und Teamarbeit. Dummheit allein, also diese Mischung aus cerebralem Unvermögen und Arroganz, ist schwierig genug zu ertragen. Aber wenn sie im Rudel auftritt und man das Ganze dann Teamarbeit nennt und als besondere Errungenschaft verkauft, um sich mit der Tragik der Sache nicht auseinander setzen zu müssen, kann man nur aufstehen und gehen.« Zwei Meter, hundert Kilo und ein rostroter Vollbart für sich allein sind nicht so übel, denke ich. Dabei hat der Ire eine Frau und eine Tochter. Tom Waits singt irgendwas über Captain Ahab. Ich frage nach dem Titel des Albums. »Selbst gebrannt«, sagt der Ire, »aus mehreren Alben zusammengestohlen.«

In Mürzzuschlag beginne mitten in der Stadt ein erstklassiges Bachforellenrevier, erzählt er. Das einzige Problem seien die Zuschauer. Für gute Rollwürfe gebe es manchmal Applaus von den Balkonen und Brücken und bei einem Hänger in der Vegetation könne es passieren, dass man ausgelacht werde. »Uns wird heute niemand zuschauen«, sage ich. »Lampenfieber?«, fragt der Ire. Er selbst beherrscht mit der Fliege unter Garantie so was wie den Doppelsalto mit dreieinhalb Schrauben.

In den Kurven talaufwärts erst ›Frank's wild Years‹, dann ›Tom Traubert's Blues‹. »Das kenne ich«, sagt Julian. Er ist offenbar aufgewacht und hat zugehört, ohne sich auch nur einen Zentimeter zu bewegen. »Ich glaube, ich kenne es von Richard.«

»Das würde mich wundern«, sagt der Ire.

»Wieso?«

»Achtzehnjährige hören das nicht.«

Richard ist Julians Sohn.

»Ich kann mir nicht vorstellen, dass es Susanne auf einer ihrer CDs hat.« Susanne ist Julians Frau.

»Ich schon«, sagt der Ire.

»Wieso?«

»Sie ist im richtigen Alter.«

»Was soll das heißen, – im richtigen Alter?«

»Vierzig plus«, sagt der Ire, »im richtigen Tom-Waits-Alter eben.« Julian weiß darauf nichts zu sagen. Mit Musik kennt er sich generell nicht aus und darüber hinaus weiß er über Tom Waits viel zu wenig, um beurteilen zu können, ob sich Eifersucht lohnt oder nicht. Er hört sich alle sieben *Waltzing Mathilda*-Strophen an, dann sagt er: »Und ich kenne es doch von Richard.« Tom Waits hat keine Affäre mit Susanne, das ist klar, und wir sind alle beruhigt.

Ich denke an Leas Vorliebe für absoluten Mainstream-Trash und daran, wie ich darunter leide, dass sie mit Namen wie Burt Bacharach oder Ray Charles oder Paco de Lucia rein gar nichts anfangen kann. Andererseits muss ich mir im selben Moment vorstellen, wie sie in einem Museum vor dem zwanzigsten Madonnenbild von Piero della Francesca steht oder vor einer zu zwei Drittel verwitterten griechischen Gottheit ohne Kopf und ohne Arme und in helle Verzückung gerät, und wie ich das in Wahrheit ebenso wenig nachvollziehen kann wie ihre musikalische Unbedarftheit, aber trotzdem genau deswegen mit ihr vögle und nicht, weil sie einen netten Hintern hat. Dazu passt, dass wir jetzt durch Neuberg an der Mürz fahren, vorbei an jener gotischen Hallenbasilika mit den himmelhohen Spitzbogenfenstern, in der Lea seinerzeit sagte: »Hier geh ich nie wieder raus.« Ich setzte mich damals in eine der Kirchenbänke und dachte darüber nach, warum ich nicht, wie ursprünglich einmal geplant, Tunnelbauer und Saxophonist geworden war. Ich fand keine zufriedenstellende Antwort, daran kann ich mich erinnern, auch daran, dass Lea am Schluss noch endlos mit dem Aussuchen von Kirchenführern und Ansichtskarten beschäftigt war, die neben dem Ausgang auf einem Tisch lagen.

»Wer von euch weiß eigentlich, wie man eine Äsche zubereitet?«, fragt Julian. Der Ire gibt ein unverständliches Brummen von sich. »Das Fleisch schmeckt ganz fein nach Rosmarin,« sagt Julian. Ich kenne die Sache mit dem Rosmaringeschmack nur aus Büchern und sage daher nichts. Julian philosophiert dahin, man dürfe auf keinen Fall mit zu viel Knoblauch arbeiten oder gar glauben, man könne durch die Zugabe von Rosmarin eine Verstärkung des Grundgeschmackes erzielen. Auch mit Säure müsse man sehr vorsichtig umgehen, also weg mit der Zitrone, wobei allerdings ein kleiner Kontrapunkt schon vorstellbar sei. Ein schwaches Bündel Melissenblätter, fein geschnitten, ansonsten nur Salz, und ab mit dem Fisch in die heiße Butter. »Und mit dir ab in den Vorhof der Hölle!«, sagt der Ire.

»Was habe ich jetzt schon wieder angestellt?!«

»Hast du dir jemals so eine Äsche genauer angesehen?«

Julian sagt nichts. Wenn der Ire zu einem seiner Plädoyers anhebt, ist es besser, den Mund zu halten, das weiß auch er. Der Ire spricht von der perfekten Körperform der Äsche, die gestreckter und seitlich flacher sei als bei den eigentlichen Salmoniden, von ihrem schlanken Kopf, den großen Augen, der leicht überstehenden Oberlippe, der Intelligenz in ihrem Gesicht und von der wunderbaren Rückenflosse, die in jeder Strömung liege wie ein zart betupfter Schleier. Er spricht von ihrer Standorttreue, von ihrer Empfindlichkeit gegenüber Gewässerverunreinigungen und von ihrer Verdrängung durch die Regenbogenforelle. Am Ende spricht er noch darüber, dass die Äsche ganz und gar nicht nach Rosmarin schmecke, sondern nach Thymian, was er allerdings nicht aus eigener Erfahrung wisse, da es ihm nie im Leben einfallen würde, so ein herrliches Tier zu essen.

Julian schluckt, das sieht man. »Zwei Fische pro Person und Tag, das hast du doch gesagt«, murmelt er schließlich. »Nimm Forellen, wenn es schon sein muss«, sagt der Ire. Forellen schmecken definitiv weder nach Thymian noch nach Rosmarin, das weiß ich. Sie schmecken nach Forelle und das ist auch nicht zu verachten. Wobei die Variante mit den Melissenblättern hier genauso funktionieren müsste.

»Dabei habe ich mir extra einen neuen Priest gekauft«, sagt Julian und grinst schief. »Einen was?«, frage ich.

»Einen Priest.«

»Einen Totschläger«, sagt der Ire. »Ein dünnes Stahlrohr«, erklärt Julian, »mit vorne einem Messingkopf und hinten einer Lederschlaufe.«

»Alles blank poliert. Ein Fischtotschläger«, sagt der Ire, »zack, drauf auf den Kopf.«

Priest klingt nach Priester und was der mit dem Totschlagen von Fischen zu tun haben soll, weiß ich wirklich nicht. Ich fürchte allerdings, ich habe mich schon genug blamiert und bleibe still.

Ich bin froh, dass Julian dem Iren diese ›Und auf

welche Weise bringst du Fische um?‹-Frage nicht stellt, denn ich denke, sie könnte uns den ganzen Tag verderben. Der Ire bringt Fische gar nicht um, da fährt die Eisenbahn drüber. Ich schätze, er isst sie auch nicht, aber das ist seine Sache. Extrem gedacht könnte er sogar Fischallergiker sein und für den Notfall immer eine Cortisonspritze dabeihaben müssen. Jedenfalls weiß ich, dass sich der Ire unumstößlich an gewisse Grundsätze hält und für ihn Fische umbringen vermutlich so etwas ist wie Klientinnen vögeln.

Die Landschaft ringsum wird immer alpiner. Weiße Kalkfelsgruppen ragen dort und da aus dem Hochwald und als wir uns der Einsattelung des Niederalpls nähern, reichen die Krummföhrenstriche stellenweise bis nahe an die Straße heran. In einigen Wochen werden hier die Hirsche herumsteigen und brunftblind sein.

Wir stehen an einem Gebirgsfluss. Das Mädchen hechtet von einer Uferkuppe ins Wasser und taucht mit kräftigen Beinschlägen ab. Es windet sich zwischen den Blöcken durch, immer ganz nahe dem Grund. Auf seiner Haut hat sich eine Schicht winziger silberner Luftperlen gebildet. Sie halten es warm. Im Kehrwasser hinter einem quaderförmigen Felsen hängen an einem Stück Wurzelholz drei verschiedene Streamer: die beiden Marabou Muddler, in Rot und Gelb, und ein Orange Wizard, der vor allem aus den Brustfedern des Goldfasans gebunden ist. Das Mädchen geht vor der Wurzel in die Knie, streicht mit den Fingern über jede der Fliegen und überlegt, welche es wählen soll.

Julian streckt sich. »Es würde sich lohnen, darüber zu reden, ob Romantik beim Fliegenfischen etwas zu suchen hat«, sagt er. Tom Waits singt ›Ruby's Arms‹. »Genauso wie es sich lohnen würde, darüber zu reden, ob Romantik in der Psychiatrie etwas zu suchen hat«, sagt der Ire. Manchmal denke ich, er sollte so was wie ein ›Handbuch der mannstoppenden Vergleiche‹ schreiben. Julian ist allerdings nicht sehr beeindruckt. »Na und?«, fragt er.

»Was – na und?«

»Hat Romantik in der Psychiatrie etwas zu suchen oder nicht?«

»Psychiatrie ist Romantik«, sagt der Ire.

»Und Fliegenfischen auch?«

»Genau.«

In Wahrheit wünscht sich Julian die Absolution für alle Fische, die er jemals totgeschlagen hat, schätze ich, und gleich auch für alle, die totzuschlagen er noch plant. Da aber im Augenblick mit hundertprozentiger Sicherheit eine Psychiatrie-

Analogie mit Elektroschock oder Niederspritzen zu erwarten ist, sagt er nichts.

The morning light has washed your face and everything is turning blue now. »Das ist auch Romantik«, sagt der Ire. Mir reicht es irgendwie. Wenn man vor ein paar Stunden einem wirbelnden Maniker in hohen Dosen Neuroleptika in die Venen gepumpt hat, hat man – zumindest vorübergehend – eine spezifische Sicht auf die Dinge. »Was Tom Waits und die Psychiatrie gemeinsam haben, musst du mir erklären«, sage ich. Der Ire grinst. Weiter kommt er nicht, denn in diesem Moment spuckt der Motor eine Reihe von Fehlzündungen auf die Straße. Dann bleibt er stehen.

»Sprit aus«, sagt der Ire. Die Benzinanzeige sei schon seit mehreren Jahren defekt, erklärt er uns, das führe immer wieder zu herausfordernden Situationen. In der Wildnis der nördlichen Kalkalpen braucht man ganz sicher zusätzliche Herausforderungen. Gusswerk, der nächste Ort mit Tankstelle, liegt in einer Entfernung von schätzungsweise fünfzehn Kilometern und seit einer Ewigkeit sind wir keinem anderen Fahrzeug begegnet. »Stiefel schnüren«, sagt Julian. »Noch geht es bergab«, sagt der Ire. Wir rollen tatsächlich noch ein paar hundert Meter. Schließlich stoppt uns eine kleine Gegensteigung. »Bist du beim ÖAMTC?«, frage ich. Der Ire steigt aus, ohne eine Antwort zu geben. Er öffnet die Heckklappe des Passat, kramt zwischen unseren Angelsachen herum, kriecht schließlich beinahe in den Laderaum hinein und holt aus einem großen Müllsack einen schlammfarbenen Kanister mit rotem Einfüllstutzen hervor. »Ich bin ja kein Trottel«, brummt er. Von hinten schwappt kalte Luft herein.

»Wofür den Müllsack?«, fragt Julian, als wir wieder fahren. »Damit dein Zeug nicht nach Benzin stinkt«, sagt der Ire. Er spielt ›Ruby's Arms‹ noch einmal und singt mit. *Jesus Christ, this God damn rain. Will someone put me on a train. I'll never kiss your lips again or break your heart.* Die Frau des Iren heißt Marlene. Sie ist Universitätsassistentin am Institut für Sozialphilosophie und beschäftigt sich mit der Erkenntnistheorie des Alltags, zum Beispiel mit der Frage, wie die Menschen in Zeiten exponentieller Veränderungsbeschleunigung etwas wie Erfahrungssicherheit gewinnen können. Sie tun es übrigens, indem sie nach wie vor über Jahrzehnte dasselbe Bett oder denselben Klobesen benützen, andererseits, indem sie lernen, das Tempo der Veränderung selbst als sichere Erfahrung zu verbuchen. Darüber hinaus hat mir Marlene beigebracht, dass man mordsmäßig Eindruck schinden kann, indem man ›epistemologisch‹ statt ›erkenntnistheoretisch‹ sagt; – weil es nämlich kein Mensch versteht und zu Hause alle im Wörterbuch nachschauen müssen. Sie ist eine ziemliche Schnitte, überhaupt für eine Philosophin, schlank mit einer mächtigen dunkelbraunen Mähne; wenn man etwas in diese Richtung andeutet, lacht sie nur und sagt, sie finde es inzwischen einfach nett, dass man von einer denkenden Frau vorsichtshalber einmal annehme, sie sei hässlich – die psychoanalytischen oder soziologischen Erklärungen könne man zu tausenden in der Literatur nachlesen. Der Ire passt auf sie auf, das merkt man. »Gott schuf die schöne Frau und stellte ihr den großen Mann zur Seite«, sagt er manchmal – was wiederum dazu führt, dass sich tatsächlich kein anderes männliches Wesen Marlene nähert. Die beiden haben eine dreizehnjährige Tochter, über die der Ire nie spricht. Es gibt Leute, die behaupten, sie sei geistig behindert oder so hoch begabt, dass es gefährlich sei, sie an die Öffentlichkeit zu lassen. Sie heißt jedenfalls Leopoldine und genau genommen klingt auch dieser Name wie ein Geheimnis. Natürlich stelle ich mir manchmal vor, mit Marlene allein im Kaffeehaus zu sitzen und zum Beispiel über das Bild der Psychiatrie in der Laienbevölkerung zu reden, während ich mir zugleich ausmale, mit meiner Zungenspitze ihre obere Schneidezahnreihe entlangzufahren, und sie weiß, dass ich mir das ausmale, aber trotzdem nichts sagt, und so fort. Leider muss ich mir dabei immer auch vorstellen, dass der Ire selbst an einer unheilbaren Krankheit leidet, an Nierenkrebs zum Beispiel oder an einem unentdeckten Aortenaneurysma. Meistens ist es Nierenkrebs, der lässt ihm ein wenig mehr Zeit, und ich fühle mich nicht so schuldig dabei. Der Ire stirbt dahin, heldenhaft, wie er ist, und ich komme Marlene kleinschrittweise näher. Am Schluss verweigert er eine im Grunde sinnlose Operation und ich lerne auch Leopoldine kennen. Sie ist ein nettes Mädchen, nur ganz leicht spastisch gelähmt und tatsächlich enorm begabt. Wir verstehen uns auf Anhieb ziemlich gut.

Die Musik ist aus. Der Ire nimmt die Disc raus und dreht ab. »Hast du jemals eines dieser Monsterdinger versucht?«, fragt Julian.

»Welche Monsterdinger?«

»Zum Beispiel Munro Killer oder Red Butcher oder Egg-sucking Leech. Diese Modelle mit Doppelhaken oder Drilling.«

»Egg-sucking was?«

»Leech. A leech ist ein Blutegel. Ich habe auch nachschauen müssen.«

»Klingt ziemlich unsympathisch.«

»Ist es auch. Ein Streamer, der vor allem aus schwarzbraunem Kaninchenfell besteht. Ist bei Lachsen angeblich tödlich.«

Er habe sich damals in Norwegen eher an die mittelformatigen Klassiker gehalten, erzählt der Ire, Grey Fox oder Rusty Rat oder die verschiedenen Sunray-Varianten, und mehrere prächtige Atlantiklachse gefangen. Nein, gegessen habe er keinen davon, aber in ihrer Gruppe sei ein junger Ziviltechniker gewesen, der habe jeden Abend für alle gekocht: Lachs mit Kartoffeln, Lachs mit Buchweizen, Lachs mit gelben Rüben. Es habe am Ende immer noch ganz gut geschmeckt. Der Grund dafür, dass es für ihn bei dem einen Mal geblieben sei, seien am ehesten die Gelsen gewesen. Von Seiten der Einheimischen habe es zwar geheißen, das Jahr sei gelsenmäßig ganz und gar nicht schlimm, ihm habe es jedoch gereicht. Ich frage den Iren noch einiges über Ruten- und Schnurklassen beim Lachsfischen und er philosophiert erst über die Frage Einhand- versus Zweihandrute und spricht dann von der lebenslangen Garantie auf die Blanks von Hardy und dass auch die dreißig Jahre nicht zu verachten seien, die die Firma Sage gebe. Dabei sei es völlig egal, ob der Fisch den Blank breche oder zum Beispiel die Autotür.

»Ein Blutegel, der einem am Ei sitzt, ist wirklich keine hübsche Vorstellung«, sagt Julian plötzlich. Keiner widerspricht ihm. Nach einer kurzen Pause beginnt er von den Fantasien zu erzählen, in denen er seit etwa drei Jahren festhänge. Ich versuche wegzuhören, doch es gelingt nicht. »Japin«, sagt er, »und etwas kaputt machen. Eigentlich immer nur Sachbeschädigung.« Begonnen habe es mit dem Gedanken, ihm Jogurt in die Manteltasche zu leeren oder Reste des Patientenessens, zum Beispiel Kartoffelpüree. Er habe sich Japins Gesicht vorstellen müssen, genau in jenem Moment, in dem er mit Schwung seine Hand in die Tasche stecke, vor allem, wie sein Mund aufklappe, und Japin sei augenblicklich zu einer dieser Puppentheaterfiguren geworden, die in Wahrheit nichts anderes könnten, als den Mund auf und zu zu klappen. Leider sei Japins schwarzer Wollmantel, auf den er bekanntlich über die Maßen heikel sei, auch durch mehrere Putzerei-Durchgänge nicht zu retten gewesen, und da er ausschließlich Patienten verdächtigt habe, seien auch seine kriminalistischen Nachforschungen im Sand verlaufen. Das

Nächstliegende sei es gewesen, ihm den hellgrauen Schal, den er trage, sobald die Außentemperatur unter fünfzehn Grad falle, zuerst mit einem Wäschemarker zu versauen, dann in feine Streifen zu schneiden. Trennscheibe gegen Golfschläger habe natürlich stattfinden müssen, ebenso Bohrmaschine gegen Golfball oder Honda Accord, rechtes Vorderrad, gegen Mobiltelefon. Mit der Karenzierung sei die Sache etwas abgeflaut, verschwunden sei sie nicht. Autoantenne, Seitenscheibe, Reifenventile, das Übliche, immer wieder, auch heute noch.

Japin ist ein Arschloch, das steht fest. Trotzdem tut mir Julian nicht leid. Wenn mir einer dermaßen auf den Sack geht, das Leben schwer macht und die Karriere ruiniert, knall ich ihm eine und male nicht mit Wäschemarkern herum.

»Rache hat manchmal etwas Biederes«, sagt der Ire. Ganz bei Ihnen, O'Nally, ganz bei Ihnen.

Als wir das Tal der Salza erreichen, hängen Nebelfetzen in den Südabstürzen des Hochschwabs. Weit oben, schätzungsweise knapp unter der Zweitausend-Meter-Linie, liegt ein Hauch Neuschnee auf den Felsen. Dort und da ist ein Fleck blauen Himmels zu sehen.

vier

Wir wenden uns in Richtung Süden, folgen kurze Zeit einer schmalen Schotterstraße und halten schließlich neben einer Blockhütte mit weit heruntergezogenem Schindeldach. Sie sei eigens für die Fischer errichtet worden, erzählt der Ire. Während der Saison stehe sie immer offen.

Im Inneren der Hütte befinden sich zwei lange Tische aus rohem Holz mit passenden Bänken und ein aus Bruchsteinen gemauerter offener Kamin. Vor ihm steht eine riesige, halbzylinderförmige Wanne aus dickem Stahlblech samt Grillrost. »Für die Lachse«, sagt Julian.

Wir räumen den Kofferraum aus und breiten unsere Sachen auf die Tische hin. Der Ire hat sogar einen Bindestock dabei. An Tagen, an denen anscheinend gar nichts gehe, erfahre er manchmal eine Art Eingebung, binde zwei, drei Stück irgendeines daherimprovisierten Modells und schon habe er reihenweise die herrlichsten Forellen dran.

»Die Fliege des einen Tages«, sagt Julian und schaut bedeutend.

»Genau.«

Julian holt eine Packung Schokoladewaffeln hervor, bricht sie auf und legt sie auf den Tisch. Ich spüre das Frühstück noch angenehm im Magen und habe keinen Hunger. Der Ire mag auch nichts, daher isst Julian die Waffeln alleine. »Vor einem großen Erfolg brauche ich das«, sagt er. Er setzt offenbar tatsächlich voll auf seine Goldköpfe. Ich nehme meine Rute aus dem Lederetui, stecke die beiden Teile zusammen, richte sie axial aus und montiere die Rolle. Julian benützt als Einziger von uns eine Dreistückrute. Er transportiert sie in einem Cordura-Etui mit Gurt und tut überhaupt so, als wäre sie so was wie ein vergoldeter Strohhalm, wertvoll und extrem zerbrechlich. Er habe zuerst überlegt, sagt er, ob er eine Schnur mit sinkender Spitze aufziehen solle, habe sich dann aber doch für eine Schwimmschnur entschieden. »Sinkende Spitze?«, fragt der Ire und zieht eine Braue hoch. Ich kenne mich ja wirklich nicht sehr gut aus, aber dass man in einem Gewässer, das nirgendwo tiefer ist als zwei Meter, mit jedem halbwegs langen Vorfach spielend den Grund erreicht, wenn man vorne einen schweren Knubbel dranhängt, dass daher in so einem Fall eine Flugschnur mit sinkender Spitze absoluter Käse ist, kann sogar ich mir ausrechnen.

Wir schlaufen die Vorfächer ein, knoten dann die Fliegen an. Ich nehme eine Highland Dun, ein ziemlich großes Ding, auf das es zwar nie einen Biss gibt, mit dem ich zuletzt aber einigermaßen rasch ein akzeptables Wurfgefühl gekriegt habe. Die Cul de Canards mit olivgrünem Körper, die ich noch dabei habe, hebe ich mir für später auf, ebenso die No-Names mit den ockerfarbenen Rehhaarflügeln, die es bei Abnahme von Zehn-Stück-Paketen zum Sonderpreis gab. Die Scud-Nymphen habe ich als letzte Reserve mit, für den Fall, dass alle anderen Fliegen an der Front bleiben. Sie sehen aus wie Asseln und in Wahrheit mag ich sie nicht besonders. Bei manchen Dingen weiß man gleich nach dem Bezahlen, dass man sie besser nicht gekauft hätte. Der Ire knüpft eine der winzigen Unscheinbaren ans Vorfach, mit denen die größere seiner beiden Fliegenboxen gefüllt ist. Ein magerer brauner Körper, ein paar graubraune Hechelfibern links und rechts, sonst nichts; – eine Adams, das weiß ich inzwischen, die graue Maus unter den Trockenfliegen, zugleich genial in ihrer Treffsicherheit, so heißt es, vor allem bei Bachforellen. Wenn der Ire über die Adams spricht, spricht er über die Qualitäten des Unspektakulären, über die Frage Narzissmus oder Fangerfolg und über die Pathologisierung des Üblichen. Nur weil er am liebsten die Adams verwende, sei er noch lange nicht depressiv, sagt er.

Mir fällt dieser früh gestörte Bibliothekar ein, der sich trotz nicht zu knapp bemessenen Seroprams plus Zyprexa reihenweise erst aufgebogene Büroklammern unter die Fingernägel rammte und dann Subkutannadeln, die er sich von einer siebzehnjährigen Bulimikerin aus dem Spritzenschrank der Station hatte stehlen lassen. Ich stelle mir vor, wie er als nächste Stufe feine Angelhaken benutzt, sie über dem Feuerzeug vorglüht und dann vorsichtig ins Nagelbett schiebt, so dass sie unterm Nagel liegen wie hinter einem Schaufenster. Die Schwestern kriegen Kreislaufkrisen und der Chef blickt gegen die Decke und sagt, man solle den Mann doch endlich entlassen.

Julian tut wieder einmal ewig an seinem Knoten herum, sechsmal umschlingen, doppelt durchfädeln, Überstand millimetergenau abknipsen. Dann prüft er zum zwanzigsten Mal die Rollenbremse. »Erwürgst du Japin eigentlich von vorne oder von hinten?«, fragt ihn der Ire und in mir klingt lediglich ›von vorne oder von hinten‹ nach. Manchmal haben die Psychoanalytiker recht mit ihrem Konzept vom Unbewussten und manchmal hat man selbst Vorstellungen, die man auf der Stelle löschen möchte, da kann man noch so abgebrüht sein. Der Ekel dauert nur eine Sekunde. Julian hängt die Fliege in die Hakenöse oberhalb des Griffes und dreht an der Rolle, bis die Schnur gespannt ist. »Ich würde ihn nie im Leben berühren«, sagt er, »niemals! Ich brauche immer ein Instrument zwischen mir und ihm, das Distanz schafft.« »Eine Garotte schafft auch Distanz«, sagt der Ire, »oder ein grauer Schal, wenn dir das lieber ist.« Julian legt die Schuhe ab und steigt in seine Wathose. Er stellt die Träger nach, hebt und senkt die Schultern einige Male. Am besten funktioniere es mit einem Golfschläger, sagt er. Er stehle ihm ein kräftiges Eisen mit scharfer Kante aus dem Bag und warte dann an irgendeinem öffentlichen Ort auf ihn, zum Beispiel an einer Straßenbahnhaltestelle. »Das ist überhaupt meine Lieblingsszene«, sagt er, »ich stehe in der Sonne an einer Straßenbahnhaltestelle, vielleicht mit dem Rücken ans Wartehäuschen gelehnt. Er kommt daher, diesen Ausdruck von Selbstzufriedenheit und schmieriger Freundlichkeit im Gesicht, und es ist völlig unwesentlich, ob er uns gerade beschissen hat oder nicht. Ich warte, bis er nah genug ist, hole aus und knalle ihm den Schläger mit aller Kraft gegen die Kniescheibe.« Natürlich gegen die Kniescheibe, denke ich. »Straßenbahnhaltestellen sind perfekte Orte«, sagt der Ire. Ich selbst stelle mir gelegentlich vor, wie ich an Straßenbahnhaltestellen auf Menschen zugehe und absurde Dinge sage, zum Beispiel: ›An der Farbe Ihrer Augen sehe ich, dass Sie einen winzigen bösartigen Tumor im hinteren Leberlappen sitzen haben‹, oder wenn mir eine Frau gefällt: ›Darf ich Ihnen einen ganz kurzen Zungenkuss geben?‹ Ich erzähle, wie Japin sich am Beginn der letzten Osterferien, in denen er zu drei Nachtdiensten eingeteilt gewesen wäre, krank gemeldet hat und für vier Wochen zu seiner Cousine nach Neuchatel abgedampft ist, wie Derbolav Jutta Girsig aus ihrem Schiurlaub in den Dienst kommen ließ, weil er sie noch weniger leiden kann als die anderen von uns, und wie Japin sich danach aufgeregt hat, weil ihn die Personalstelle nötigte, ein ärztliches Attest zu bringen. »Sachbeschädigung?«, fragt der Ire. Julian schaut ein wenig verwirrt. »Es gibt Menschen, die haben keine Seele«, sagt der Ire, »wenn man auf sie hinhaut, ist es Sachbeschädigung.«

Ich bestücke die Taschen meines Gilets. Fliegendose, Hakenlöser, Vorfachrolle, Reserveschnur,

Messer. Die Aufstecksonnenbrille, man kann ja nie wissen. Beim blauen Pullover habe ich immer das Gefühl, er kratzt durch alles hindurch, durch Hemden, durch die Transtex-Unterwäsche, einfach durch alles. Lea hat ihn mir irgendwann einmal aus Edinburgh mitgebracht. ›Hundert Prozent Wolle‹ ist auf dem Etikett zu lesen. Schottische Schafe – karg, aber wasserdicht.

Der Ire hat seine Umhängetasche bei sich. Sie ist khakifarben, voller Flecken, von speckigem Leder gesäumt und so groß, dass neben dem Bindestock und all dem anderen Zeug unser Proviant locker Platz hat. Julian hat schlauerweise das Bier in Dosen und nicht in Flaschen gekauft. Der Ire hängt sich die Tasche mit kurz genommenem Gurt schräg über den Rücken. Sie schrumpft auf seiner mächtigen Körperfläche zur Unwesentlichkeit.

Julian sieht aus wie aus dem Katalog: funkelnagelneue Weste von Simms, eine absolut schnittige Polarisationsbrille, Bugholzkescher, Schirmkappe mit Fliegenband, in das er sich eine Handvoll seiner heiligen Nymphen gesteckt hat. »Willst du gleich fotografiert werden oder später?«, fragt der Ire. »Trottel!«, sagt Julian.

Der Ire selbst trägt wie immer seine stahlblaue Windjacke, von der er behauptet, in ihr würden ihn die Fische nicht erkennen, da er sich vom Himmel nicht abhebe. Die echten Freaks befassen sich nicht nur mit oralen Überlistungsstrategien, das heißt, mit der Frage ›Was frisst der Fisch?‹, sondern vor allem mit dem Problem ›Was sieht der Fisch von unten?‹. Das habe nichts mit Psychoanalyse zu tun, behauptet der Ire. Von jenem Windeltragegefühl, das sich unweigerlich einstellt, wenn man mit der Neoprenwathose am Unterbau die ersten Schritte tut, könne man das nicht sagen. Im Wasser verschwindet das Gefühl übrigens schlagartig, was allerdings klar sei, führe der faktische Eintritt ins Urelement der Mütterlichkeit doch zu einer umfassenden Regression, innerhalb welcher eine Windel nicht mehr als befremdlich wahrgenommen werde. Wenn der Ire derartige Dinge sagt, unter seinem Schlapphut und in dieser grässlichen Jacke, und dabei mit seinen riesigen Händen gestikuliert und ein wenig grinst, weiß man nicht, wie ernst er die Sache nimmt. Ich glaube, das ist überhaupt der Trick der Psychoanalyse, dass sie nach außen hin die Möglichkeit offen lässt, sie könne sich selbst nicht ernst nehmen.

Auf dem Weg zum Fluss stellt sich langsam dieses innere Vibrieren ein, nach dem man sich sehnt und ohne das man die ganze Sache in Wahrheit lassen könnte. Der Schritt beschleunigt sich, die Unterarme werden warm und in der Hand spürt man das elastische Wippen der Rute. Die Ohren sind voll mit Rauschen und das Nieseln aus der schmalen Nebelbank, die von einer Felskante ins Tal hängt, ist völlig egal.

»Wenn wir das Mädchen jetzt bei uns hätten«, sagt Julian, »– mit wem würde es gehen?« »Wir würden es dir schenken«, sagt der Ire. Ich denke an das Indikativische von Vorstellungen und daran, dass die Situation ›Julian allein mit einem Mädchen‹ zwangsläufig zu einer Katastrophe oder zu einem therapeutischen Gespräch führt. »Ich schenke es dir nicht«, sage ich. Der Ire lacht. »Mesmer, du bist ein Menschenfreund«, sagt er. Julian scheint nicht zu wissen, wie er es auffassen soll. Vorsichtshalber schaut er mittelgradig beleidigt.

Das Revier beginnt an der Brücke, auf der der Schotterweg den Fluss übersetzt. Wir klettern rechts neben ihr die Uferböschung hinab und stehen mitten in den Lattichblättern. Ihr säuerlicher Geruch liegt schwer in der Luft. »Ich bleibe ein wenig hier und spreche mit dem Brückenfisch«, sagt der Ire. Julian macht eine wegwerfende Handbewegung und wendet sich flussaufwärts. Es gibt die Brückenfischlegenden, in denen meist von enorm großen und alten Regenbogenforellen oder Huchen erzählt wird. Diese Fische sind angeblich so schlau, dass sie eine Kunstfliege erkennen, noch bevor sie gelandet ist, andererseits genüsslich die Bratkartoffelreste fressen, die der Wirt von nebenan ins Wasser kippt. Brückenfische werden niemals gefangen, das ist das Wichtigste an ihnen.

Ich weiß, dass es der Ire nicht mag, wenn man ihn aus der Nähe beobachtet. Ich weiß auch, dass er sich breitbeinig und leicht vornübergebeugt hinstellen und mit ganz kurzen Würfen beginnen wird. Nach wenigen Versuchen wird er die Sache so im Griff haben, dass seine Adams immer exakt auf demselben Fleck landet. In unregelmäßigen Abständen wird er mit einem leichten Pfeifen die Luft ausstoßen. Ich setze vorsichtig einige Schritte in den Fluss hinein. Der Untergrund besteht aus gleichmäßig grobem Schotter und gibt nicht nach. Ich mache mich auf den Weg. Das Wasser strömt träge dahin. Es reicht mir bis zur Wadenmitte. Nach einiger Zeit spüre ich seine Kühle durch das Neopren hindurch. Julian ist gut hundert Meter vor mir und schreitet kräftig aus.

Das Mädchen streift in weiten Mäandern durchs Kraut. Es schwingt die Arme und wirkt ausgesprochen fröhlich. Ab und zu bückt es sich hastig, als wolle es nach einem Tier greifen, nach einem Wiesel oder einer Ratte. Schließlich pflückt es einige größere Blätter und trägt sie vor sich her wie einen Strauß Rosen.

Ich suche mir eine Stelle, an der ich kein Geäst im Rücken habe. Vegetationshänger bei den allerersten Würfen ärgern mich noch nach Stunden. Ich löse den Haken aus der Öse, ziehe einige Meter Schnur von der Rolle, hänge sie mit Hilfe der linken Hand in Form einer weiten Schlaufe vor mir in die Luft und führe die Rute schräg nach hinten. Mit sanftem Schwung lasse ich sie vorwärts schnellen, führe sie zurück, vorwärts, zurück. Die Sache ist unharmonisch wie am Anfang immer, die Schleifen, die die Flugschnur zieht, sind viel zu spitz und die Dun landet bei weitem nicht dort, wo ich es haben möchte. Immerhin kommt sie ins Fliegen und wässert vor einer schön gestreckten Spitze, das heißt, die Balance zwischen Schnur, Vorfach und Fliege scheint fürs Erste halbwegs zu stimmen. Ich wiederhole den gleichen Wurf mehrere Male, genau senkrecht zum Ufer, mitten in die Strömung hinein. Es ist reines Training, taktisch vollkommen sinnlos. Den Iren kann man mit solchen Dingen begeistern: Eine Fliege, auf die garantiert kein Fisch beißt, an eine Stelle zu werfen, an der sich garantiert kein Fisch befindet. »Das ist reine Kunst«, sagt er dann, »völlig losgelöst von irgendeinem Zweck.« Wenn ich Lea solche Dinge erzähle, lacht sie nur und sagt, das sei doch wieder einer dieser plumpen Versuche, Verständnis für etwas zu heischen, das letztlich nichts anderes sei als eine besonders sophistische Form der Tierquälerei. Ich rede dann nicht weiter, denn in Wahrheit finde ich solche Äußerungen abgrundtief dumm; wenn ich ihr das aber sage, führt es nur zu nervenzerfetzenden Endlosdiskussionen.

Ich wate das Ufer entlang, vorbei an Haselnussbüschen, mehreren Flecken Wollgras und einer einzeln stehenden mächtigen Ulme. Das Nieseln hat aufgehört und oben in den Felsen sind jetzt dort und da sonnenbeschienene Flecken zu sehen. Es ist immer noch kalt.

In einer flachen Linkskurve steht Julian bis zur Oberschenkelmitte in der Strömung und versucht, schräg flussabwärts einen Kehrwassergumpen auf der anderen Seite anzuwerfen. Seine kraftvollen Überkopfwürfe sehen zwar prächtig aus, treffen aber konsequent um zwei, drei Meter zu kurz. Es reißt ihm in derselben Sekunde die Schnur weg, und sein Goldkopf wirbelt an der Oberfläche stromab. Ich wette, Julian steht da, gräbt die Zehen in den Grund und flucht vor sich hin. Als er mich kommen sieht, holt er seine Leine ein und geht weiter. Im Wasser merkt man nichts von seiner Behinderung.

Hinter einem Streifen mit lockerem Augehölz mündet von rechts ein Bach in den Fluss. Er hat eine breite sichelförmige Schotterbank angeschüttet, auf der jede Menge hellgraues Treibholz liegt. Der Fluss weist hier über eine längere Strecke kaum ein Gefälle auf. Ich wate die Außenlinie der Schotterbank ab. Die Wasseroberfläche ist vollkommen ruhig. Keine Schnaken, keine Mücken, nicht die Spur eines Fisches. Vielleicht liegt Julian mit seinen tiefgängigen Nymphen doch nicht so falsch.

Mit eher schwachen Vorhandwürfen erreiche ich den Mischungsbereich der beiden Wässer. Ich lege die Fliege ab und schaue zu, wie die Schnur allmählich einen Bauch macht. Die Dun wird lebendig und beginnt eine Furche zu ziehen. Wieder und wieder dasselbe.

Schräg hinter mir balanciert das Mädchen auf einem angeschwemmten Erlenstamm hin und her wie auf einem Schwebebalken. Bei den Wenden verliert es ab und zu das Gleichgewicht und muss auf den Boden treten. Nach einer Weile hat es genug von der Turnerei. Es hockt sich hin und schaut mir zu. Von meiner Idee, Holz zu sammeln und eine Feuerstelle einzurichten, scheint es nichts zu halten.

Ich erschrecke, als vollkommen geräuschlos plötzlich der Ire neben mir auftaucht. »Wie machst du das?«, frage ich. »Darauf gibt's nur indianische Antworten«, sagt er.

»Zum Beispiel?«

»Du bemühst dich, ein Teil des Flusses zu werden.«

Von indianischen Antworten halte ich nicht viel. »Was ist mit deiner Brückenforelle?«

»Manchmal ist es auch eine Äsche«, sagt der Ire. Ich frage nicht weiter.

Der Ire durchquert den Bach und wirft von drüben dieselbe Stelle an wie ich zuvor. Obwohl er die Rute absolut sparsam auslenkt, wirkt die Sache durch seine enorme Reichweite spektakulär. Im Grunde sieht er aus wie ein bewegtes Monument. Die Schnur liegt als schmale gelbe Acht in der Luft, bevor sie sich streckt und die Fliege aufsetzt. Im Gesicht hat er diese neutrale Form von Aufmerksamkeit. Beim vierten Wurf passiert der Biss. Die Adams wird ohne große Attacke genommen, so als würde sie von unten eingesogen. Der Ire steht da, den Arm in Hüfthöhe ein wenig abgespreizt, tut erst zwei Sekunden lang gar nichts und setzt dann aus dem Handgelenk einen winzigen Anhieb. Die Schnur strafft sich und geht zur Seite weg. Der Fisch flüchtet im Zickzack ein Stück in die Bachmündung hinein, dann flussabwärts. Der Ire folgt ihm mit der Rutenspitze. Erst als der Fisch offensichtlich die Uferzone anstrebt, greift er an die Kurbel. Er lässt sich Zeit. Der Fisch hat offenbar nicht die Absicht, im Drill über Wasser zu gehen, wird daher am Ende ohne großes Schauspiel von Hand gelandet. Eine mittelstarke Bachforelle mit leuchtend orangefarbenen Flanken und breiten elfenbeinweißen Säumen um die Tupfen. Die Fliege sitzt eine halbe Fingerlänge tief im Rachen des Tieres, lässt sich mit der Hakenklemme aber problemlos lösen.

Der Ire streicht über die Forelle, als wäre sie eine kleine Katze. Als er sie zurücksetzt, ist auch Julian da und schaut zu. Er sagt nichts. Der Fisch liegt einen Augenblick lang seitlich im Wasser, dann richtet er sich auf und schnellt ab.

»Auf die Nummer eins folgt immer eine Nummer zwei«, sagt der Ire. Es gebe fischlose Tage, aber Tage mit nur einem Fisch gebe es nicht. Die wichtigste Hürde sei somit genommen. »Ich bin nicht hierher gefahren, um keinen oder einen Fisch mit nach Hause zu nehmen«, sagt Julian. Außerdem verstehe er nicht, wie man einen Fisch zurücksetzen könne, ohne ihn abzumessen. »Neunundzwanzig Zentimeter«, sagt der Ire.

»Hast du ein eingebautes Messgerät?«

Jawohl, eins, das auf elektronischem Weg sowohl die Länge von Fischen als auch von Therapiestunden erfasse, außerdem die Geschwindigkeit seines Autos, nicht allerdings den Füllungszustand des Benzintanks. Das habe man gesehen. Julian ist sauer: Weil nicht er den ersten Fisch gefangen hat, sondern der Ire, weil der Ire keine Sekunde daran gedacht hat, die Forelle abzumessen, weil völlig klar ist, dass der Ire an diesem Tag bei weitem die meisten Fische fangen wird, weil ebenso klar ist, dass er nicht die Absicht hat, auch nur einen davon zu behalten, und weil er jetzt die Adams vom Vorfach knipst, was unmittelbar nach einer erfolgreichen Verwendung ziemlich widersinnig ist.

»Du willst uns demütigen, oder?«, frage ich. Er schüttelt den Kopf. »Gewohnheit«, sagt er. Er wechsle eine Fliege immer, sobald sie gefangen habe; seit Jahren mache er das. »Aberglaube«, sage ich.

»Wenn du es so nennen willst.«

Er pickt ein winziges, silbrig glänzendes Ding aus der Dose. »Kleiner geht's nicht«, sage ich. »Eine Snow Flake Midge«, erklärt er, »an und für sich ein Modell für Juniabende, an denen die Mücken zu schwärmen beginnen.«

»So wie jetzt«, sagt Julian. Die Paradoxie sei eine nicht zu unterschätzende Kraft, sagt der Ire. Manchmal entspringe sie einer Intuition, manchmal dem Drang zum Widerspruch und manchmal der Liebe zur Poesie.

»Welchen Knoten nimmst du für so etwas Kleines?«, fragt Julian. »Den Sixteen-Twenty«, sagt der Ire. Wir haben beide vom Sixteen-Twenty noch nie gehört. Der Ire führt ihn vor, das heißt, vor allem macht er uns plausibel, dass ab einer bestimmten Größendifferenz zwischen Fliege und Finger jede Schlinge weniger eine entscheidende Erleichterung bedeutet. Julian hat ausgesprochen kleine Hände und sagt, er bleibe lieber beim klassischen Clinch, der sei für ihn immer noch der zuverlässigste aller Knoten, zuverlässiger auch als der doppelte Turle oder der George Harvey. Ich weiß, dass ich ebenfalls beim klassischen Clinch bleiben werde, denn ich kenne keinen anderen.

Der Ire testet die Neue. Julian versucht ihm einen Namen für den Wurf zu entlocken: Überkopf und doch ein wenig aus dem Ellbogen, Vorhand und am Schluss ein Seitenwechsel, die Flugebene der Schnur schief gegen alle Achsen. In Wahrheit möchte er ihm sagen, dass die Sache zwar funktioniert, aber lehrbuchmäßig komplett verboten ist. »September-Cast«, sagt der Ire, während er einholt, »ich glaube, das ist ein September-Cast.« Julian tippt sich an die Stirn und geht wieder. Wenn man genau hinsieht, merkt man, dass er bei jedem zweiten Schritt die rechte Hüfte leicht anhebt.

Ein eigenartiges Licht liegt über dem Fluss. Das Wasser erscheint grün mit einem Zug ins Braune, so als ob alles Blau weggefiltert wäre. Die Sonne scheint immer noch nicht.

Es ist diese eine Frühlingswoche, die es jedes Jahr gibt. Die Raben werden nervös und die Menschen warten darauf, dass etwas passiert. Der junge Mann mit dem Seitenscheitel wird an einem Abend von seinem Vater gebracht. Er sei ein Taugenichts und offenbar nicht richtig im Kopf, nehme er doch wildfremden Menschen einfach ihre Sachen weg, Handtaschen und Kinderwägen, und behaupte dann, sie gehörten ihm. Wenn man ihn zurechtweise, werde er zornig. Seit eineinhalb Jahren male er Runenornamente auf Zeichenblätter. Sonst tue er nichts.

Der junge Mann verhält sich ruhig. Er nimmt

niemandem etwas weg, malt Runenornamente, geht um zehn ins Bett und wird nicht zornig. Am dritten Tag testet ihn der Ire. Der junge Mann hält bis knapp zur Hälfte durch, dann bricht er einen Bleistift ab und verlässt den Raum. Als ich am nächsten Morgen aus dem Nachtdienst gehe, sehe ich, dass jemand über Julians Auto gelaufen ist, von vorne nach hinten. Motorraumabdeckung, Dach und Kofferraumdeckel sind eingedrückt. Anhand der Fußspuren ist der Täter leicht auszuforschen. Das Auto ist ein dreißig Jahre altes Peugeot Coupé, frisch restauriert. Es hat dem jungen Mann am besten gefallen. Er meint, das müsse als Begründung genügen. Die Schadenshöhe interessiere ihn nicht. Er grinst und zuckt mit den Schultern. Als Julian ihn anbrüllt und einen Psychopathen nennt, geht er ihm ansatzlos an die Gurgel. Der Ire und ich, die wir uns ebenfalls im Untersuchungszimmer befinden, greifen ein. Wir halten den jungen Mann links und rechts an den Oberarmen. Angesichts der Größe des Iren wirkt das relativ unausgewogen. Der junge Mann grinst wiederum und streckt Julian die Zungenspitze entgegen. Julian, der nun endgültig überkocht, gibt ihm erst eine Linksrechts-Kombination ins Gesicht, nicht direkt mit der Faust, sondern nur mit eingekrümmten

Fingern, dann ein Neuroleptikum in den Muskel. Damit hat der junge Mann nicht gerechnet.

Obwohl Julian hintennach erwartungsgemäß Skrupel kriegt und fragt, wie denn das sei mit Berufsethos, körperlicher Integrität und der Wertigkeit von Autos, einigen wir uns darauf, dass es auf jeden Fall Notwehr war.

Vor einer scharfen Linkskurve durchwate ich den Fluss. Das Wasser reicht mir maximal bis zum Nabel. Obwohl der Strömungsdruck nicht allzu groß ist, setze ich die Füße vorsichtig zwischen die Steine.

Ich stelle mir vor, wie sich das Mädchen anschickt, mir zu folgen, und sich dann doch nicht traut, wie es mit beiden Armen herüberwinkt, wie ich zurückwate, es an der Hand nehme und es zu zweit ganz leicht geht. Drüben ist das Mädchen ein wenig außer Atem, aber sonst in Ordnung. Es blickt an sich hinunter und lacht. Die nassen Sachen machen ihm im Grunde nichts aus, denn demnächst wird die Sonne rauskommen.

Ich befische den Außenradius der Kurve, Sektor für Sektor. Ich werfe in einem vielleicht dreißiggradigen Winkel flussauf. Ab und zu legt sich eine Fallwindbö wie ein Polster unter die Fliege und trägt sie gegen die Felswand auf der Prallseite. Ein

Stück nach dem Kurvenscheitel habe ich einen Hänger an einer niedrigen Birke, die sich jenseits über das Wasser lehnt. Die Hauptrinne ist hier zu tief, um an den Baum zu gelangen. Ich greife in die Schnur, reiße das Vorfach mit einem kurzen Ruck ab und bin froh. Die erste verlorene Fliege ist wie der erste gefangene Fisch. Neues Vorfach, neue Fliege. Ein namenloses Rehlein. Die CdCs erst später, ich bleibe dabei. Der klassische Clinch. Den Knotenkult finde ich ziemlich vertrottelt, was man den Freaks allerdings nicht sagen darf. Nett ist zum Beispiel die Vorstellung, dass es den Sixteen-Twenty gar nicht gibt. Dem Iren würde ich es zutrauen.

Normalerweise beginnt alles mit einem Flaschenkorken, den man mit dem Taschenmesser längs einschneidet, bis etwa zur Mitte. Man zieht die Nylonschnur in den Schlitz und ist zufrieden damit, dass sich der Korken gut verschieben lässt und trotzdem nicht rutscht. Vielleicht bemalt man die eine Hälfte des Korkens mit rotem Lack. Lea sagt, sie halte diese Art von Geschichten überhaupt nicht aus: Vaterloser Bub sitzt mit Fadenspule am Fluss und träumt vom großen Fang, welcher natürlich nicht kommt, was dazu führt, dass der vaterlose Bub aufsteht, sich am Riemen reißt und ein erfolgreicher Bauunternehmer oder plastischer Chirurg wird. Ich sage dann, dass es der Realität völlig wurscht ist, ob man sie aushält oder nicht, und sie sagt, die Realität sei doch wohl etwas, das gemacht werde und nicht einfach so existiere, und ich sage, ja, von den Buben mit den Fadenspulen werde sie gemacht und sie ärgert sich.

Das grobe Blockwerk, das unterhalb eines gelben Felsabbruches im Fluss liegt, ist etwas mühsam zu überklettern. Man muss darauf achten, dass man sich die Füße nicht einklemmt. Außerdem ist das Kalkgestein an manchen Stellen ziemlich scharf.

Von oberhalb werfe ich mehrmals den Bereich neben den Blöcken an. Es rührt sich nichts.

Apropos Liebe zur Poesie: Eine Schneeflocke im Juni ist entweder der reine Kitsch oder sie schmilzt einfach weg.

fünf

Wir treffen einander auf einer schmalen, grasbewachsenen Landzunge, die im Bogen in den Fluss hineinragt. In ihrem Lee liegt ein länglicher Tümpel Ruhigwasser. »Es bleibt niemals bei einem Fisch«, sagt der Ire. Er hat bis jetzt fünf Stück gefangen, zwei Regenbogen- und drei Bachforellen. Die eine Regenbogenforelle habe sechsundvierzig Zentimeter gemessen. Julian gibt keinen Kommentar ab. Er schaut den Iren auch nicht an. Er selbst habe zuerst einen kleinen Barsch gefangen, erzählt er, was überraschend sei, ein Barsch sei in dieser Gegend nicht unbedingt zu erwarten. Außerdem habe er nicht gewusst, dass Barsche auf Nymphen gehen. Der Fisch habe aggressiv die Rückenstacheln aufgestellt und fast habe man meinen können, er beiße zu, obwohl er doch den Goldkopf im Schlund stecken gehabt habe. Der andere Fisch sei dann eine Forelle gewesen, ähnlich orange wie jene des Iren, an der Kehle fast rot. Sie habe ihn an diese amerikanischen Cutthroat-Forellen erinnert, die er sonst nur aus den Büchern kenne. »Cutthroat?«, frage ich. »Ja«, sagt Julian, »Cutthroat«, und der Ire macht die Geste des Kehledurchschneidens.

»Wie lang?«, fragt der Ire und lacht.

»Einunddreißig.«

Der Ire applaudiert.

»Zwei Männer«, sage ich, »der erste sagt neunundzwanzig Zentimeter, der zweite einunddreißig, der erste drauf sechsundvierzig – da freut sich der Psychoanalytiker.« Der Ire nimmt seine Tasche vom Rücken. »Ich habe Hunger«, sagt er. Wir stehen ein paar Augenblicke unschlüssig da, dann setzen wir uns nebeneinander ins Gras, den Blick zum Fluss.

Der Ire kramt den Proviant hervor, schneidet Brot ab, verteilt Bier und Würste. Julian benützt zum Essen ein unglaublich elegantes finnisches Messer. »Ein Stück Rettich wäre fein«, sagt er. Geräucherter Hirschschlögel wäre auch fein, sage ich, ein Glas Dijon-Senf und ein Körbchen mit Grana-Würfeln.

Die Wathosenlächerlichkeit sei schon eine besondere Spielart der Lächerlichkeit, sagt der Ire. Sie passe zu diesem falschen ›Wer hat den Längeren‹-Klischee. Man stecke in einer Art Ganzkörperkondom, dicht beinah bis zum Kragen, und begebe sich hinein in ein Element, das einen in Wahrheit jederzeit mit Haut und Haar verschlingen könne.

Das Mädchen sitzt schräg vor mir, den Rücken an meinen Unterschenkel gelehnt. Es hat die Augen geschlossen und öffnet, wenn ich es füttere, ganz leicht den Mund. Eine Scheibe Wurst, ein Stück Brot.

»Warum ist das ›Wer hat den Längeren‹-Klischee falsch?«, fragt Julian. »Weil klar ist, dass du ihn hast«, sagt der Ire. Julian zeigt ihm den Vogel. Jeder glaube, sagt der Ire, es gehe dabei um Paarungskonkurrenz, also um die Frage ›Wer darf ihn hineinstecken und wer nicht?‹, und in Wahrheit gehe es um ganz andere Dinge, bei denen das Hineinstecken gar keine Rolle spiele.

Ich drücke dem Mädchen die Bierdose in die Hand. Es trinkt zwei kleine Schlucke, dann gibt es sie zurück. Mit der Daumenseite meines Zeigefingers wische ich ihm den Schaumrand vom Mund. Die Haare des Mädchens sind feucht und stehen ihm nur noch stellenweise igelig vom Kopf.

Und wenn sich auch jeder sage, dass sein Längerer sehr wohl in erster Linie zum Hineinstecken da sei, sagt der Ire, so erhalte er doch weit vor allem Hineinstecken seine zentrale Bedeutung als Selbst-Objekt. »Als Selbst-Objekt?«, fragt Julian. Ja, gewissermaßen als metaphorisch aufgeladener Landeplatz für die innerpsychischen Repräsentanzen, die ein jeder von der eigenen Person besitze.

Ich bin mir plötzlich sehr sicher, dass der Ire an einer unheilbaren Krankheit leidet. Nierenkrebs wird von den Ärzten allerdings bald ausgeschlossen. Am Anfang glaubt man an einen Nebennierentumor, dann stellt sich heraus, dass es ein besonders chemotherapieresistentes Non-Hodgkin-Lymphom ist, das vor allem die Lymphknoten im Brustraum und beidseits der Aorta befallen hat. Das ist alles sehr traurig, vor allem für Marlene, aber in ihrem Alter bewältigt man derartige Verluste noch relativ gut. Außerdem hat sie Beruf und Kind. Ich werde jedenfalls zum Begräbnis gehen, mich dort aber im Hintergrund halten, obwohl klar sein wird, dass sie ein wenig Unterstützung gut brauchen könnte.

Irgendwie kommen wir noch auf kindliche Selbst-Konzepte zu sprechen und auf die narzisstischen Vorstellungen, die ein jeder von sich hat. Julian ist der Direktor einer Spezialklinik für junge Psychotiker, beschäftigt sich wissenschaftlich mit der Entstehung der Schizophrenie und ist gerade dabei, den Zusammenhang zu erforschen zwischen einem genetisch bedingten Mangel an Monoaminoxidase und dem Phänomen der Unfähigkeit, emotionale Metaphern zu bilden. Die Vertreter der Arzneimittelfirmen stehen in seinem Vorzimmer Schlange und Japin, der ursprünglich als Hilfskraft angestellt war, ist soeben wegen fortgesetzter Fehler gekündigt worden. Der Ire wird mit seiner Mannschaft Olympiasieger im Curling. Das sei eine ähnlich ehrliche Sportart wie Tontaubenschießen, nur ein wenig raffinierter. Ich beherrsche endlich den Rollwurf und bringe auch aus dem dichtesten Gebüsch hervor die Fliege ans Ziel, das genügt mir.

Der Ire zieht eine kleine, flachmannartig geformte Glasflasche mit Waldviertler Roggenwhisky aus der Tasche und reicht sie herum. »Aus dem Kamptal«, sagt er. In der Nähe des Ortes, in dem sich die Brennerei befinde, habe er mit der Spinnrute den schönsten Zander seines Lebens gefangen. Das Zeug schmeckt ganz ordentlich, torfig und rund. Sogar Julian macht einen Schluck. Den Birnenbrand habe ich im Auto vergessen. Der Ire spricht von der idealen Stromlinienform des Zanders, dem gegenüber zum Beispiel der Hecht einen ausgesprochen dysproportionierten Körper besitze, er spricht vom Döbel, diesem kraftvollsten aller Friedfische, der manchmal die Seite wechsle und rasend Jagd auf Jungforellen mache, und schließlich von der strahlend hellen Soča-Forelle, die neben der Äsche die Königin schlechthin sei.

»Ein Fisch ist ein Fisch und keine Königin«, sagt Julian. Der Ire gießt sich den Rest Schnaps in die Kehle und steht auf. »Ich zeige euch jetzt die schönste Stelle hier«, sagt er.

Wir folgen einem schmalen Pfad, der erst durch eine moorige Zone mit Kolbenschilf und Schwertlilienblättern führt, dann, nach der Querung zweier seichter Nebengerinne, direkt hinein in ein Dickicht aus Robinien, Krummerlen und Weißdorn. Wir gehen gebückt und tragen unsere Ruten körpernahe in Hüfthöhe. Julian hinkt und der Ire brummt irgendwas von einer Machete.

Lea steht manchmal total verkrümmt vor einer dieser Litfaßsäulen und liest Plakattexte, die Augen ganz nah dran, weil sie die Brille, die sie tragen sollte, nie trägt. Ich lege ihr die Hand flach aufs Kreuz. Sie richtet sich auf, schaut mich an und sagt dann zum Beispiel: »Ich bin neugierig, ob Luca della Robia auch vertreten ist«, oder: »Es werden anscheinend nur Bilder gezeigt und keine Kleinplastiken.« Ich stecke meine Hand in die Tasche und frage: »Was bitte ist eine Kleinplastik?«, oder stelle mich auf andere Weise blöd.

Hinter einem Waldrebenvorhang erstreckt sich

über eine Länge von siebzig, achtzig Metern ein sandiger Uferstreifen. Der Fluss ist an dieser Stelle verhältnismäßig stark eingetieft und strömt geräuschlos dahin. Über ihm erhebt sich senkrecht eine Wand aus Konglomeratfels. Sie ist durch unzählige runde Einbuchtungen gegliedert. Direkt an der Wasserlinie liegen nebeneinander mehrere Höhlen, tief ausgewaschen, mit zum Teil so mächtigen Gewölben, dass man in sie unbehindert einwerfen kann. Das Wasser in den Höhlen ist schwarz; ab und zu blitzt in einem moosgrünen Reflex der Grund auf. Durch das Knirschen unserer Schritte wird eine Wasseramsel aufgeschreckt. Sie flüchtet zeternd flussaufwärts, ein braunes Geschoss mit weißem Brustfleck.

Wir teilen uns die günstigen Standorte zu. Ich kriege die größte Höhle. Das finde ich nett. Es ist zugleich der Platz, der am weitesten flussabwärts liegt. Auf diese Weise werde ich kaum in das Gefühl kommen, die anderen zu stören. Ich zupfe an meiner Fliege herum. Sie ist nur noch ein Haarknäuel, in jeder Weise aus der Fasson geraten. Ich lasse sie trotzdem dran.

Die Wolken verschwinden, der Wind wird stärker. Man muss geradliniger werfen und mit mehr Nachdruck, den Rückwurf möglichst hoch stoppen und in der Vorwärtsbewegung steil nach unten ziehen. Der Ire versucht zuerst einige extrem forcierte Rollwürfe, doch die Luftbewegung ist auch unmittelbar über der Wasseroberfläche so kräftig, dass es ihm die Spirale nach drei, vier Metern komplett auflöst.

Ich treffe das Ziel zirka bei jedem zweiten Mal. In der Höhle selbst gibt es kaum eine Drift, das heißt, die Fliege liegt vielleicht zwanzig Sekunden reglos am selben Ort, schaukelt sanft und wird dann allmählich von der abtreibenden Schnur in die Strömung gezogen.

Ich frage mich, welche Vögel in den kleinen Felsnischen nisten könnten, ob Sperlingskäuze oder Mauersegler, und ich erwarte jeden Augenblick das Mädchen seitlich neben mir, als der Fisch zum ersten Mal auftaucht. Er schiebt sich ins Blickfeld, steigt eine Spur, als würde er sich interessieren, und verschwindet in dem Moment, in dem die Fliege zu furchen beginnt und abtreibt. Bei den nächsten drei Versuchen passiert nichts, beim vierten ist der Fisch wieder da: kommt, steigt, taucht ab. Beim neunten Wurf zieht er einen vollen Kreis, beim zwölften wirbelt er im Abgang die Oberfläche auf, beim vierzehnten hat er Kontakt zur Fliege. Er tupft sie an, einmal, zweimal. Das Spiel wiederholt sich, der Fisch tupft, schiebt die Fliege vor sich her, tupft noch einmal. Als er sie schließlich nimmt und sanft in die Tiefe zieht, setze ich den Anhieb. Die Fliege schießt im Bogen aus dem Wasser, streift an die Oberkante der Höhle, taumelt ab. Der Fisch ist weg.

»Was war es?«, fragt der Ire. Er hat die Sache beobachtet und kommt heran.

»Keine Ahnung.«

»Du warst zu früh. Hast du einen Ruck gespürt?«

»Nein, gar nichts.«

»Dann wird er wiederkommen. Es hat ihm nicht weh getan und er wird wiederkommen.«

Ich sage ihm, dass ich das mit dem Wehtun für ein schwaches Argument halte. Er meint, warum sollten Fische vernünftiger sein als Menschen, und das ist wiederum ziemlich einleuchtend.

Ich begrabe die zerfetzte Rehhaarfliege unter einem Kiesel und wechsle nun doch zu einer Cul de Carnard. Ich plustere sie mit den Fingerspitzen ein wenig auf und werfe dieselbe Stelle an wie zuvor, außerdem die Bereiche links und rechts neben der Höhle. Es tut sich nichts.

Nach einer Weile möchte Julian Platz tauschen und wir veranstalten eine Art Ringelreihen. Ich wandere flussaufwärts. Ich fürchte, ich werde auch an der Stelle, an der Julian bis jetzt gefischt hat, nichts fangen. Eine Weile stehe ich nur da und schaue in die Felsen. Ich stelle mir in den Nischen hunderte Nester vor, aus denen Eisvögel wie blaugrüne Blitze in die Tiefe schießen. Sie holen sich Mühlkoppen oder junge Forellen vom Grund und füttern damit ihre Jungen. Das alles passiert völlig geräuschlos.

Der Augenblick, in dem die Sonne ins Tal fällt, ist so, als werde aus einem Krug eine neue Farbe in den Fluss gegossen. Der feinsandige Boden unter mir leuchtet in einem hellen Türkis, die tieferen Bereiche ringsum sind sattblau, dort und da blitzen grelle Punkte auf. Die Sträucher am Ufer gewinnen an Tiefe und direkt über der Wasseroberfläche liegt in der Breite einer Hand ein weißgelber Lichtsaum.

Das Mädchen steht vor den Büschen und hält das Gesicht in die Sonne. Es hat die Daunenjacke hoch geschlossen und die Handschuhe übergezogen. Ich überlege, dass es eigentlich passend wäre, ihm eine Serie von Fliegen zu schenken, die aus den Brustfedern des Eisvogels gemacht sind. Dann stelle ich mir eine Hutnadel mit einem Büschel bunter Daunen an ihrem Ende vor und bin zugleich überrascht, dass mir etwas so Altmodisches wie eine Hutnadel einfällt. Das Mädchen scheint sie jedenfalls zu mögen. Es betrachtet sie, tut so, als wolle es sie sich ins Haar stecken, und lacht.

Der Fisch beißt an, als Julian die Rute aufrichtet, um einzuholen. Er zieht in gerader Linie ab wie ein Torpedo, und Julian hat damit zu tun, sicheren Stand zu gewinnen. »Lass ihn marschieren!«, ruft der Ire. Julian denkt nicht daran, Leine zu geben. Er steht breitbeinig da und drillt wie ein Irrer. »Lass ihn marschieren!«, ruft der Ire noch einmal, »lass ihn müde werden!« Wir haben beide unser Zeug aufgerollt und schauen zu. Ich bin aus irgendeinem Grund sicher, dass es der Fisch von vorhin ist, und der Ire meint, was sonst. »Nein!«, keucht Julian immer wieder, »nein!«, und keiner weiß, warum. Seine Rute biegt sich wie eine Büroklammer. Als der Fisch zum ersten Mal über Wasser geht, sehen wir, dass er riesig ist und ausgesprochen dunkel.

Ich sehe Lea, die sich über die Fadenspulenromantik lustig macht, das Mädchen, wie es die Hutnadel zückt, und Marlene mit ihrem Intellektuellenblick.

»Frauen benützen Hutnadeln, um sie Männern ins Herz zu stoßen, ist es nicht so?«, frage ich den Iren. Er denkt nach. Wenn es ihm passt, denkt er auch über die blödesten Dinge nach. »Du hast recht«, sagt er schließlich, »Brieföffner hingegen werden eher von Männern verwendet. Frauen nehmen Hutnadeln und kleine doppelläufige Pistolen.« Er tritt an Julian heran, zieht ihm den Kescher aus der Halteschlaufe und stellt sich in Position. Der Fisch zeichnet noch einige spektakuläre Figuren in die Luft, dann landen sie ihn gemeinsam. Er ist mächtig, sicher sechzig Zentimeter lang, schwarzgrün mit feinen goldenen Tupfen an den Flanken. Die Nymphe sitzt ideal im Winkel des riesigen Maules. »Ein Saibling«, sagt der Ire, »ein Seesaibling. Das ist gut.« Er packt den Fisch an der Schwanzwurzel, fixiert ihn am Boden und zückt den Hakenlöser. »Er wird eine Zeit lang nicht mehr beißen«, sagt er zu Julian, »Fische merken sich Widerhaken.« Trotzdem bekommt er den Haken relativ unblutig frei. »Ich schätze, er wird überhaupt nicht mehr beißen«, sagt Julian. Er greift mit der rechten Hand in seine Westentasche, holt dieses Stahlding mit Messingkopf und Lederschlaufe hervor und lässt es auf die Stirn des Saiblings niedersausen. Der Ire reißt seine Hände weg und macht einige Schritte rückwärts. Julian schlägt noch zweimal zu. Die Delle im Kopf des Fisches springt auf wie eine hellrote Blüte. Ein feines Vibrieren geht durch seinen Körper.

Julian zieht das Messer und hat offenbar vor, den

Fisch an Ort und Stelle auszunehmen. In diesem Moment steht der Ire über ihm. Er hat die Arme an den Seiten nach unten gestreckt, die Hände zu Fäusten geballt und einen Blick wie ein Gott. Keinen Brieföffner, denke ich, eine Hutnadel sowieso nicht; irgendein schweres Ding, ein Bleirohr zum Beispiel. Julian hebt die Augen und lässt das Messer fallen. Er greift mit beiden Händen an den Fisch. Langsam richtet er sich auf, dann beginnt er zu rennen, schräg über die Sandbank auf die Uferböschung zu. Er rotiert die rechte Hüfte nach oben und schleudert das halbsteife Bein seitlich weg. Es sieht aus, als laufe eine Kurbelwelle exzentrisch. Den Fisch trägt er mit sich, die Finger der einen Hand unter die Kiemendeckel gehakt. Der Ire folgt ihm mit weit ausgreifenden Schritten. Julian läuft die Böschung entlang bis an eine leichte Einsenkung, schlägt einen Haken nach rechts, klettert hoch, erwartet offensichtlich einen Pfad oder zumindest eine Schneise und hat sich geirrt. Vor ihm liegt ein breiter geschlossener Streifen mannshoher raublättriger Pflanzen mit großen weißen Blütendolden. Da der Ire hinter ihm auftaucht und es sich augenscheinlich nicht um Brennesseln handelt, läuft Julian geradewegs hinein. Er versucht mit der linken Hand die Pflanzen wegzuschlagen.

Beim fünften oder sechsten Schritt tritt er in ein Loch. Er taumelt und stürzt mit dem Gesicht voran in die Vegetation. Erst jetzt schreit er.

Der Ire bückt sich und hebt den Fisch auf. Danach hilft er Julian auf die Beine. Julian brüllt weiter. Er betrachtet seine Hände und wischt sich immer wieder über die Wangen. Der Ire weist in Richtung Fluss. Julian rutscht die Böschung hinunter. Er rennt quer über die Sandbank, wirft sich auf die Knie und beginnt sich Wasser ins Gesicht zu schaufeln.

»Bärenklau«, sagt der Ire, »es ist Riesenbärenklau.« Ich erinnere mich dunkel, einmal etwas über Phytotoxine gelesen zu haben, speziell über schwere Kontaktverletzungen bei Kindern und über hochdosierte Corticoide als erste Behandlungsstrategie. »Wird er Narben davontragen?«, frage ich. Der Ire sagt nichts. Er klappt sein Messer auf, schiebt die Spitze der Klinge in die Afteröffnung des Saiblings und schlitzt ihn auf. Das Messer geht durch die Bauchwand wie durch Butter. Der Ire mobilisiert die Innereien mit den Fingern, schneidet sie mehrmals quer durch und wirft die Portionen im Bogen in den Fluss. Ich bin froh, dass er mir das zuckende Herz nicht gezeigt hat. Wenn man Fische gleich nach dem Fang ausnimmt, zucken ihre Herzen immer.

Der Ire steigt bis zum Bauch ins Wasser, kratzt Eingeweidereste aus dem Inneren des Saiblings und spült mehrmals gründlich nach. Dreißig Meter flussaufwärts kniet nach wie vor Julian und hält sein Gesicht in den Fluss. Auf beiden liegt prächtig die Sonne.

Ich stelle mir vor, dass in den größeren Nischen der Felswand Silberreiher hausen, in den mittleren Haubentaucher und in den kleineren Wasseramseln. Irgendwo dazwischen nistet ein einziges Eisvogelpärchen und leuchtet hervor wie ein farbiger Doppelpunkt. Das Mädchen steht da und zeigt mit dem Finger hinüber. Wenn es lacht, biegt sich seine Nasenspitze nach unten.

Der Ire nimmt ein zusammengefaltetes weißes Geschirrtuch mit gelbem Rand aus seiner Tasche und schlägt den Fisch darin ein. »Soll er ihn haben«, sagt er und drückt mir das Paket in die Hand.

Ich gehe auf Julian zu. Er sitzt im Sand und betrachtet seine Hände. Sie sind beide flammend rot, die linke zur Gänze, an der rechten alles bis auf Daumen, Zeige- und Mittelfinger. Schräg über sein Gesicht, vom rechten Unterkiefer zum linken Auge, zieht sich ein ebenso roter Streifen. Julian wimmert halblaut vor sich hin. »Der Ire sagt, es war Bärenklau«, sage ich. Ich lege den Fisch neben ihn auf den

Boden. Julian bläst in seine Handflächen und gibt kein Wort von sich. Im Sonnenlicht gewinnt der Streifen in seinem Gesicht an Plastizität. Ich denke an die unzähligen Gürtelhiebe, die diese junge Alkoholikerin mit den Zündholzbeinen von ihren Zimmernachbarinnen erhielt, weil sie alle anderen bestohlen hatte, und an ihren Rücken, der danach aussah wie das Modellrelief einer Mittelgebirgslandschaft. Außerdem denke ich an die Abschürfungen an Mund und Wangen jenes Manikers, der unbedingt demonstrieren wollte, dass man sich mit einem Infusionsschlauch am Gesicht aufhängen könne, ohne dabei zu sterben. »Eine Verbrennung«, sage ich, »eigentlich ist es eine Verbrennung«, aber das ist im Augenblick nicht sehr hilfreich. Ich schätze, Julians Frau kennt hundert Rezepte für Topfenumschläge und biologische Kühlmittel. Wenn es sie selbst betrifft, pfeifen sie beide auf die Schulmedizin, aber das ist in Ärztefamilien oft so.

Ein Stockentenpaar fliegt lärmend über uns hinweg. Direkt im Gegenlicht steht ein kleiner Mückenschwarm über dem Wasser. Es ist deutlich wärmer geworden.

»Wie wirst du den Fisch zubereiten?«, frage ich. Julian sitzt starr da und gibt keine Antwort. Ich stelle mir vor, wie er sich mit Japin duelliert – erst

Säbel, dann Golfschläger –, wie natürlich Japin gewinnt, breit sein psychopathisches Grinsen grinst, und wie Julian zurückbleibt, auf und auf verbunden und verpflastert, einen Arm in Gips.

Ich sehe uns seinerzeit diese monströse Schleie auf den Weidenspieß stecken und über das Feuer halten. Ich sehe das ausgesprochen dumme Gesicht des Fisches und wie die Haut beginnt, Blasen zu schlagen. Ich sehe uns am Rand des schwarzgrünen Dümpels hocken und mit den Fingern Fleischstücke aus dem Körper des Fisches reißen. Der Geschmack ist ein wenig sonderbar, denn keiner von uns hat daran gedacht, Salz mitzunehmen. Von Fadenspulenromantik haben wir keine Ahnung, von Kitsch schon gar nicht.

Julians Hände sind innerhalb von wenigen Minuten zu zwei Säcken mit Ausstülpungen geworden. Der Wulst in seinem Gesicht ist dabei, das linke Auge komplett zu verschließen, und seine Oberlippe hat die Form eines kleinen Rüssels. »Du solltest dich vielleicht in den Schatten setzen oder ins Auto«, sage ich. Er steht auf und blickt sich um. Dann steigt er in den Fluss. Er geht so weit vor, bis ihm das Wasser bis an die Brust reicht. Langsam dreht er sich um und streckt die Arme zur Seite. Er wirkt ein wenig ratlos.

Ich stelle mir vor, wie er sagt: »Ich habe meine Angel vergessen«, oder: »Könntest du mir bitte den Fisch bringen«, und wie er in Wahrheit kaum noch etwas sieht und eine Angel gar nicht mehr halten kann. Ich sehe ihn unter der Felswand stehen und in den Nischen darüber lauter Marienfiguren, diese Version mit gefalteten Händen und Rosenkranz, die es auch als Weihwasserbehälter mit Schraubverschlusskopf gibt, Lourdes oder Fatima oder in der Art, und ich sehe, wie diese Figuren sich plötzlich vorwärts in den Fluss stürzen und wie eine neben der anderen mit einer kleinen Fontäne einschlägt, so als wären sie alle auf eine Kette gefädelt. In diesem Moment zieht es Julian die Beine weg. Er kippt nach hinten, schlägt mit den Armen kurz um sich und verschwindet unter Wasser.

Ich finde ihn nur fünfzehn Meter flussabwärts am Rand der Hauptrinne. Er hängt mit dem rechten Unterschenkel an einem Felsblock fest und liegt in geringer Tiefe mit dem Rücken auf Grund. Er hat das eine Auge weit geöffnet, den Mund ebenso. Ich gehe zurück ans Ufer und hole meine Angel. Ich ziehe einige Armlängen Schnur von der Rolle, lege sie aufs Wasser und lasse sie über ihn hinwegtreiben. »Was hast du von unten gesehen?«, werde ich ihn fragen, und, ob aus dieser Perspektive das

Theater um die Farbe der Flugschnur übertrieben ist oder berechtigt. Er wird vielleicht die Brauen hochziehen und sagen: »Es ist hochinteressant«, oder er wird lachen und sagen: »Alles Käse.« Als ich mich umdrehe, stoße ich mit der Fußspitze an seine Schulter. Das fühlt sich ein wenig unheimlich an.

Ich stelle mir Susanne vor, wie sie überfordert sein wird und voller Zukunftsangst, und wie sie zur Erinnerung an schöne Zeiten ganz lang Janis Joplin hört. Ein bisschen wird sie sich wundern, dass sie dadurch weniger traurig wird, als sie es sich gedacht hat. Ich stelle mir vor, wie sie versuchen wird, mit ihren Kindern zu reden, ruhig und undramatisch, und wie in ihren Sätzen keine komplizierten Begriffe vorkommen werden, schon gar nicht etwas wie ›innerpsychische Repräsentanz‹ oder ›epistemologisch‹. Die Tochter wird weinen und anschmiegsam sein und Richard wird nicht wissen, ob er sich trotz allem darüber freuen darf, dass nun ein Mensch weniger zu ihm sagt: »Nein, an diesem Moto-Cross-Rennen auf dem steirischen Erzberg wirst du nicht teilnehmen, nein, unter keinen Umständen!«

Die CdC ist zwar etwas aufgeweicht, doch in Summe noch brauchbar. Ich trete einige Schritte zurück und werfe die Stelle aus ganz kurzer

Entfernung an. Vorfachlänge plus drei Meter Schnur, mehr nicht. Manche Leute behaupten, am allerwichtigsten sei es, das Vorfach sorgfältig zu entfetten, um es rasch zum Einsinken zu bringen. Auf diese Weise werde der Fisch nicht durch Lichtreflexe gewarnt. Ich werfe aus dem Handgelenk, dreimal, viermal, immer ans obere Ende des länglichen dunklen Fleckes. Die Strömung zieht stark nach links. Die Fliege wird augenblicklich mitgerissen und hüpft an der Oberfläche dahin. Ich hole ein, schlüpfe aus dem Pullover, kremple die Ärmel meines Hemdes hoch und gehe wieder nach vorn. Ich bücke mich, greife ins Wasser und taste die Taschen der Simms-Weste durch. Rechts oben finde ich die Dose.

Ich lege zwei zusätzliche Schlaufen in den Clinch, mit dem ich die Goldkopfnymphe befestige, und ziehe fest zu. Dass die Bisse immer dann erfolgen, wenn du sie nicht erwartest, stimmt nicht. Die Wahrheit ist, manchmal kommen sie und manchmal nicht. Anfangs wende ich viel zu viel Kraft auf und lege die Nymphe gut einen Meter jenseits des dunklen Fleckes ab. Mit der Zeit gelingt es besser. Das Ding setzt auf, neigt sich und taucht weg. Ich warte eine Weile, dann hole ich ein. Beim zehnten oder zwanzigsten Versuch hängt die Nymphe fest. Ich kurble, gebe nach, kurble, gebe nach, so, als wäre ein riesiger Fisch dran, ein Huchen zum Beispiel oder ein Wels. Schließlich lasse ich die Rute zurückschnellen und das Vorfach reißt. Ich zwinge mich, nicht darüber nachzudenken, wo genau der Haken sitzt, und steige ans Ufer.

Das Mädchen hat aus den Steinen des Schwemmschotters mehrere kleine Kegel aufgeschichtet. Sie sind in einem losen Verband angeordnet und sehen aus wie keltische Hügelgräber. Ich gehe auf das Mädchen zu und reiche ihm die mattierte Blechdose. Es klappt den Deckel hoch, tupft mit der Zeigefingerkuppe auf eine der Nymphen, lächelt zufrieden, verschließt die Dose wieder und steckt sie ein. Ich versuche ihm zu erzählen, welch außergewöhnliche Tiere Eisvögel sind oder Seesaiblinge, die in Flüsse wandern, wobei ich über letztere nicht so gut Bescheid wisse, aber sie seien zumindest so außergewöhnlich wie Silberreiher oder Lachse. Das Mädchen setzt vorsichtig einen Kiesel auf die Spitze des Kegels, an dem es zuletzt gebaut hat, und ebnet mit den Händen den Platz für den nächsten. Ich sage, es solle sich bei der Arbeit nicht stören lassen, und gehe.

Der Ire hat seine Snow Flake abgeschnitten und ist dabei, die Reste des Vorfachfadens vom Haken zu zupfen. Sein Bart leuchtet in der schräg stehenden Sonne und überhaupt sieht er im Moment keine Spur nach Nebennierentumor aus. »Wo ist Julian?«, fragt er. »Ich glaube, er ist zum Auto gegangen«, sage ich, »er hat sich nicht wohl gefühlt.«

»Das Auto ist abgesperrt.«

»Dann sitzt er wohl in der Hütte.«

»Er wird sich langweilen.« Der Ire verstaut die Fliege und nimmt den Bindestock aus seiner Tasche. Er befestigt ihn mit der Schraubklemme an einem der wegstehenden Knorren eines angetriebenen Baumstrunkes. Im Windschatten seines Körpers legt er allerhand Material auf: eine Schatulle mit Dubbings – Fell, Federn, Antron und so fort –, Spulenhalter, Bindeseide, Draht, Schere. Wenn am Ende nichts mehr gehe, hocke er sich hin und binde irgendeine Fliege, sagt er, eine, die ihm gerade in den Sinn komme, eine Olive Matuka zum Beispiel oder eine Temple Dog. »Dieser Bärenklau ist ein teuflisches Gewächs«, sage ich. Der Ire spannt einen dunklen, langschenkeligen Haken ein. »Du meinst die Sache mit der Photosensibilisierung«, sagt er. Ich antworte nichts. Schön blöd, denke ich. Du hältst in der Hoffnung auf Linderung deine geschundene Haut in die Sonne und machst dadurch alles noch viel schlimmer. »Die Mythen behaupten, dort und da seien kleine Kinder nach Stürzen in den Bärenklau ums Leben gekommen«, sagt der Ire. Er bindet ein Stück Kupferdraht auf den Haken, danach ein dünnes Büschel Haare vom Eichhörnchenschwanz. Er lässt es hinten einen Zentimeter überstehen. Es wippt elastisch, wenn er mit dem Finger drüberfährt. »Was hält eigentlich Marlene vom Fliegenfischen?«, frage ich. Der Ire blickt kurz auf. »Warum interessiert dich das?« Ich stottere etwas von philosophischer Ebene und Beschleunigungsexpertin und Kontrapunkt, und es liegt dermaßen auf der Hand, was Sache ist und dass der Ire gegebenenfalls keine Sekunde zögern würde, seine ganze Körpergröße und Muskelmasse gegen mich einzusetzen, dass ich den Mund halte. »Sie zitiert meistens Joachim Ritter oder Roland Barthes, wenn die Sprache darauf kommt«, sagt der Ire. Ich kann mir nicht vorstellen, dass Roland Barthes irgendwas zum Fliegenfischen gesagt hat, und Joachim Ritter kenne ich nicht, aber Marlene kann da unter Garantie Zusammenhänge herstellen. Der Ire spinnt ein Stück dunkelroten Dubbingfilz um den Hakenschenkel und windet den Kupferdraht hinein. Danach schneidet er mit der Schere zwei dreieckige Segmente aus der Schwanzfeder eines Ringhalsfasans. Er legt sie beidseits flach an den

Haken und schlingt sie mit der Bindeseide knapp hinter dem Hakenauge fest. Er knotet noch einen winzigen Kopf dran, schneidet die Seide knapp ab und sichert das Ganze mit einem Tropfen Sekundenkleber. »Eine Mrs. Simpson«, sagt er. Er präsentiert die Fliege auf der Handfläche. Die Schwingen sind ein wenig zur Seite gespreizt, die Federhärchen zittern leicht im Wind. In Summe sieht das Ding exakt so aus, wie man sich eine Mrs. Simpson vorstellt: klar, selbstbewusst, im dunkelbraunen Kleid.

Während der Ire die Fliege ans Vorfach knotet, gebe ich einige von Leas verächtlichen Kommentaren zum Fliegenfischen wieder, zum Beispiel ›Was tun Männer nicht alles gegen Kultur?‹ oder die Sache mit der Teilleistungsstörung im Verbalen, die genetisch auf dem Y-Chromosom verankert sei und ständig kompensiert werden müsse. Er selbst sei eher ein Anhänger dieser modifizierten Samson-Hypothese, sagt der Ire, und wenn der Ire den Namen Samson in den Mund nimmt, hat man sofort das Gefühl, dass etwas grundsätzlich in Ordnung ist. Dann sagt er allerdings: »In Wahrheit geht es nämlich um das weibliche Schamhaar«, und ich schaue blöd. Er erklärt, dass dieser weit verbreitete Drang, das weibliche Schamhaar wegzurasieren, nichts mit Ästhetik zu tun habe und noch weniger mit Erotik, sondern ausschließlich mit dem unbewussten Wunsch der Männer, dem weiblichen Genitale seine Macht zu nehmen. Der Mann bemächtige sich des Schamhaares und damit der Sexualmacht der Frau, sagt er, zwirble es zu einer Fliege und werfe es dem Fisch, der ja bekanntlich ein Phallussymbol und daher Repräsentant der männlichen Sexualmacht sei, vor. Der Fisch könne der Verlockung nicht widerstehen und beiße an, der Mann fange den Fisch, das freilich nur dadurch, indem er sich gewissermaßen als Frau ausgebe, und schon sei das alte unauflösbare Verwirrspiel perfekt. Ab und zu gehe eine Fliege verloren, und ab und zu müsse ein Fisch dran glauben.

Mir fällt ein, wie Lea einmal gemeint hat, Fliegenfischen sei für sie nichts anderes als männliches Rudelmasturbieren, aber das sage ich jetzt nicht. Der Ire schneidet den Fadenüberstand ab und fixiert die Mrs. Simpson in der Hakenöse. Er hat offenbar nicht vor, noch einmal auszuwerfen.

Ich borge mir von ihm eine Adams und bringe einige ganz nette Würfe zustande, obwohl er unmittelbar hinter mir auf dem Baumstrunk sitzt und zusieht. Er erzählt von einem Apotheker, der seit Jahren zu ihm in Therapie komme, unter einer saisonal abhängigen Depression leide und das Gesicht eines Karpfens besitze. Der Mann habe eine Frau und vier Töchter. »Manchmal wünsche ich mir, ein Familienfoto zu sehen«, sagt der Ire.

Die Wasseramsel ist wieder da. Sie lässt sich auf einem Weidenast nieder und schaut uns zu. Ich merke, dass mir die Augen brennen. Außerdem ist mein Wurfarm schon ziemlich am Sand. »Apotheker haben es überhaupt schwer«, sage ich, denke aber an Madonnenstatuen in Felsnischen und an Mädchen mit Igelfrisuren. Nach einer Weile steht der Ire auf. Ich hole langsam ein. Die Adams werde ich ihm später zurückgeben.

Ich blicke mich noch einmal nach allen Seiten um, wie es sich für einen Abbildungsneurotiker ohne Kamera gehört: der Fluss, die Sträucher, die Felswand, die Reste der Sonne hoch oben in den Bergen.

Den Rückweg nehmen wir anders, das heißt, wir gehen nicht das Ufer entlang, sondern schneiden den weiten Bogen, den der Fluss beschreibt, geradlinig ab. Wir folgen dem Rand eines Kiefernwäldchens, dann einem Ziehweg mit tief eingeschnittenen Radfurchen. Links von uns fährt ein Traktor über ein Feld. Wir sprechen darüber, wie sich in dem Augenblick, in dem man dem Spital den

Rücken kehrt, um sich niederzulassen, die Perspektiven verschieben, wie man sich plötzlich damit konfrontiert sieht, dass es da ein hohes Maß an Gesundheit in der Welt gibt, und wie man den Umgang mit diesem Phänomen erst lernen muss. »Die Menschen wollen etwas von dir und sind trotzdem nicht verrückt«, sagt der Ire, »das verblüfft dich am Anfang.« Man stehe da, ohne Team und ohne die Notwendigkeit, Feinde zu haben. »Stattdessen brauchst du Polstertüren und Ausfallsversicherungen und tausend Formulare«, sage ich, und der Ire drauf: »Erwachsenwerden hat seinen Preis.« Ich denke an die Mrs. Simpson an seiner Angel, an seine Tochter, von der keiner weiß, ob sie eine spastische Behinderung hat oder nicht, und an die kindliche Inbrunst, mit der Lea die Bilder von El Greco liebt.

Wir kommen an einem winzigen Obstgarten mit zwei Zeilen von Zwetschkenbäumen vorbei, danach an einem verfallenen Bauernhaus. Durch die eingeschlagenen Fensterscheiben sehen wir, dass die Räume vollständig leer sind. Eigentlich erhoffe man sich in so einer Situation eine alte Kommode, in der man Feldpostbriefe oder k. u. k. Kaufverträge finden könne, sagt der Ire. Oder langhalsige Tabakpfeifen mit Porzellanköpfen, sage ich.

Hinter einer Geländekuppe erscheint das Dach der Blockhütte, dann auch der Passat. Was man am Ende so eines Tages wirklich erwarten dürfe, sei ein ordentlicher Regenguss, sagt der Ire, einer, der einen zum Rennen nötige und dazu, sich einen Unterstand zu suchen. Wir schauen gleichzeitig zum Himmel und lachen. »Altocumulus«, sage ich und habe in Wahrheit keine Ahnung, ob diese kleinen, harmlosen Wolken tatsächlich so heißen.

Julian ist schon komplett umgezogen und hat sein Zeug im Kofferraum verstaut. Er hockt vor der Hütte auf dem Boden. »Die Heckklappe war offen«, sagt er. Der Streifen in seinem Gesicht ist deutlich abgeblasst und kaum noch erhaben. Seine Hände sehen überhaupt schon völlig heil aus. »Tut's noch weh?«, frage ich. Er schüttelt den Kopf. Während eines Sommerurlaubes auf dem Peloponnes habe er vor Jahren beim Schnorcheln eine Nesselqualle berührt, sagt er, das sei ungefähr gleich arg gewesen. Seine Frau habe panisch geschrien, weil sie einmal gelesen gehabt habe, ein dreijähriges Mädchen sei an einer Quallenverbrennung gestorben.

»Hast du den Fisch schon gegessen?«, fragt der Ire.

»Sehr witzig!«, antwortet Julian. Ich wette, er hat sich ausgerechnet, dass der Saibling für die ganze

Familie reichen wird, und ihn sofort möglichst weit weg gepackt. Der Ire fragt nicht nach.

Wir nehmen die Ruten auseinander und schälen uns aus den Wathosen. Innen drin stinken sie nach Schweiß, aber das ist auch so, wenn man sie nur eine Stunde trägt. Ich schneide die Adams ab. Der Ire nimmt sie kommentarlos zurück. »Entscheidend ist die Sache mit der Angst«, sagt er plötzlich. Keiner versteht, was er meint. »Beim Schritt aus dem Spital in die Praxis«, sagt er, »– du merkst auf einmal, wie wenig Angst du zu haben brauchst, weder vor psychopathischen Patienten, die dir die Reifen aufschlitzen, noch vor Chefs, die glauben, die Welt funktioniert so, wie sie es sich vorstellen.« Julian steht da und schaut groß. Ich kann mich nicht mehr erinnern, ob er sich seinerzeit nach dem Peugeot Coupé gleich einen BMW gekauft hat. Im Grunde ist es egal.

Als wir uns ins Auto setzen, sehen wir, dass aus der Wiese schräg hinter uns eine dünne Schicht Nebel steigt.

Das Gasthaus liegt zehn Kilometer talauswärts. Es hat eine rosafarbene Fassade und ein Posthorn auf dem Schild. Abgesehen vom Wirt und zwei Männern, die an der Schank lehnen, ist die Gaststube leer. Einer der Männer trägt eine Brille mit

Gläsern, die seine Augen enorm vergrößern. Er spricht ab und zu einen kurzen Satz. Der andere sagt gar nichts.

Wir bestellen dunkles Bier und als Vorspeise Schnittlauchaufstrich mit Weißbrot. »Hätten wir das Mädchen mitgenommen, würde es jetzt wahrscheinlich Weißwein oder Soda Zitrone trinken«, sagt Julian. Über ihm steht auf einem Wandbord ein ausgestopftes Murmeltier. Der Ire wischt sich Bierschaum aus dem Bart und setzt zu einem seiner endlosen Theoriebögen an: Das Leben bestehe in Wahrheit aus nichts als aus Imagination auf der einen und aus narrativer Rekonstruktion auf der anderen Seite, und wenn manche Leute meinten, man könne zum Beispiel durch Baby-Watching diese Tatsache aus der Welt schaffen, so sei das Pseudowissenschaftlichkeit im Sinne einer neoliberalen Nützlichkeitsideologie, sonst gar nichts. Das Leben bestehe auch aus Fliegenfischen und Frauen, sage ich, und als er weiter daherkommt mit seiner Skepsis und der Frage nach dem Realitätsgehalt von allem, sage ich einfach: »Ich finde El Greco abscheulich.« Julian hat plötzlich Augen wie das Murmeltier und der Ire zieht einen Mundwinkel hoch. »Er ist die personifizierte männliche Hysterie«, sagt er schließlich, »die schmerzenden Farben und dieses Dehnungspathos in seinen Figuren, so als seien sie alle auf der Streckbank gelegen.« Ich stelle mir vor, wie Lea das hört und wie sie dann dieses göttliche Glühen in ihrem Gesicht kriegt und ihre Wirbelsäule gerade wird wie ein Stab.

Der Wirt füllt den Brotkorb nach und nimmt die Hauptspeisen auf. Wir bestellen alle das Tagesgericht, Putengeschnetzeltes in Senfsauce. Fisch ist keiner auf der Karte. Julian erzählt vom ersten Graskarpfen, den er seinerzeit mit der Angel seines Onkels gefangen habe. Trotz der vielen Gräten habe er darauf bestanden, ihn auch zu essen. Der Ire steht plötzlich auf und sagt, er müsse zu Hause anrufen, seine Tochter habe am Morgen gefiebert. Julian zieht sein Handy aus der Tasche und hält es ihm hin. Der Ire winkt ab. Er grinst. »Hier nur Kabeltelefon«, sagt er. Die Gegend sei eine Bastion gegen jedes Mobilfunknetz und draußen auf dem Gang gebe es eine Kabine mit Münzfernsprecher und Klappstuhl. Er scheint sich darauf zu freuen.

Ich überlege kurz, Julian nach der Tochter des Iren zu fragen, lasse es dann aber bleiben. Wir sprechen erst über den Mechanismus der Photosensibilisierung, danach über den Unsinn des Ausstopfens von Tieren, über die lange Lebenserwartung von Klosterschwestern und Kindergärtnerinnen und über die Frage, ob man als Psychiater zwangsläufig eine verschrobene Lebenshaltung annehme. Ich denke nicht wirklich darüber nach. Ich blicke mich in der Gaststube um und entdecke einen ausgestopften Auerhahn, außerdem in Summe vier Hirschgeweihe.

Als der Ire zurückkommt, macht er einen komischen Eindruck. Er schüttelt unablässig den Kopf und ist blass, andererseits hat er sichtlich Mühe, das Lachen zu unterdrücken. »Ihr werdet nicht glauben, was passiert ist«, sagt er, »ihr werdet es nicht glauben.«

»Ja, manchmal passieren eigenartige Dinge.« Julian sagt das und mir fällt ein, dass ich ihn nach dem Anblick der Flugschnur von unten fragen muss.

Ich stelle mir eine Äsche mit ihrem klugen Gesicht und ihrer schleierförmigen Rückenflosse vor. Ich stelle mir vor, wie sie unter Wasser eine Mrs. Simpson trifft und keine Sekunde daran denkt, nach ihr zu schnappen. Die beiden winken einander höflich zu, dann schwimmt die Äsche davon.